개혁군주

개혁 군주 14

2023년 1월 20일 초판 1쇄 인쇄
2023년 1월 27일 초판 1쇄 발행

지은이 이윤규
발행인 강준규

기획 이기헌 왕소현 박경무 강민구 조익현
책임편집 최전경
마케팅지원 이원선

발행처 (주)로크미디어
출판등록 2003년 3월 24일
주소 서울사 마포구 마포대로 45 일진빌딩 6층
Tel (02)3273-5135 **Fax** (02)3273-5134
홈페이지 rokmedia.com **E-mail** rokmedia@empas.com

ⓒ 이윤규, 2022

값 9,000원

ISBN 979-11-408-0299-9 (14권)
ISBN 979-11-354-7367-8 04810 (세트)

대력군주

이윤규 대체역사 소설 ⟨14⟩

| 왜란의 책임을 묻다 |

차례

또 다른 싱가포르

조호르의 압둘 술탄이 침을 꿀꺽 삼켰다. 그러고는 기대감에 말까지 더듬었다.

"지, 지금 내게 도움을 주시겠다는 겁니까?"

임상옥이 딱 잘랐다.

"전에도 말씀을 드렸지만, 본국은 타국 내정에 개입하지 않습니다."

압둘 술탄이 크게 실망했다.

"그런데 왜 이런 말을 하는 건가요?"

"전하. 혹시 인지상정이란 우리말을 아시는지요?"

"귀국 상인들을 통해 들어서 알고는 있습니다. 그런데 그게 무슨 관련이……."

"바로 그것 때문입니다. 우리가 귀국의 내정에 개입이나 간섭은 하지 않습니다. 그러나 조호르의 술탄께서 우리를 배려해 준다면 당연히 그에 대한 보답을 하지 않겠습니까? 그렇게 하는 것이 인지상정이지 않겠습니까?"

압둘 술탄이 고개를 끄덕였다.

"그렇습니다."

"교류를 계속 이어 나가다 보면 술탄과 우리는 지금보다 훨씬 더 가까워질 것입니다. 그러면 어떻게 되겠습니까? 저는 우리가 특별히 개입하지 않아도 귀국의 내부 사정이 지금과는 많이 달라진다고 생각하는데, 술탄께서는 그렇게 생각하지 않습니까?"

압둘 술탄의 표정이 대번에 달라졌다.

"아! 그렇습니다. 귀국이 동양 최강대국이란 사실을 모르는 사람이 없습니다. 그런 귀국과 내가 적극적인 교류를 이어 간다면 후세인 왕자를 지지하던 자들 중에서도 마음을 바꾸는 자들이 상당히 나올 겁니다."

"바로 그런 변화가 중요합니다. 우리가 오면 지금의 흐름과는 전혀 다른 변화가 생길 겁니다. 술탄에게 긍정적인 방향으로요. 그러면 조호르의 내정은 지금보다 훨씬 안정을 찾게 될 겁니다."

술탄이 방 안을 서성이며 고심했다. 그러던 그가 몇 번이고 고개를 끄덕이다 결심했다.

"좋습니다. 싱아푸라는 아무리 생각해도 넘겨주기 어렵습니다. 그 대신 바탐(Batam)과 빈탄(Bintan) 두 섬을 양도하지요."

임상옥이 크게 기뻐했다.

"현명한 결정이십니다."

"한 가지 알아두실 것이 있습니다. 지난번에 말씀드린 대로 네덜란드와 영국과의 문제는 귀국이 알아서 해결해야 합니다."

"그 점은 조금도 걱정 마십시오. 술탄께서 신경 쓰지 않도록 그 부분은 우리가 알아서 해결하겠습니다."

"알겠습니다."

협상은 일사천리로 진행되었다.

본래는 싱가포르를 얻으려고 했으나 술탄이 끝내 난색을 보였다. 그 바람에 해협 건너편의 두 섬을 얻게 되었으나 임상옥은 만족했다.

'폐하께서 최선이 아니면 차선을 택하라고 하셨다. 그래서 두 섬을 얻었지만, 내가 노력해서 최선보다 더 좋은 결과로 만들면 된다.'

이런 마음가짐이다 보니 섬을 양도받는 대가도 후하게 치러 주었다. 임상옥이 이렇게 나오자 조호르 술탄도 두 섬 주변의 크고 작은 섬들을 마치 선물하듯 떼어서 넘겨주었다.

양측의 이해관계가 맞물리면서 협정문 작성도 얼마 걸리지 않았다.

협상이 끝나자 임상옥이 술탄에게 주의를 주었다.

"전하. 사람이 보는 눈은 비슷합니다. 싱아푸라 섬을 지금처럼 버려둔다면 누군가 탐을 낼 가능성이 큽니다. 그런 일이 발생하지 않도록 주민들을 대거 이주시키는 것이 좋습니다."

압둘 술탄도 동조했다.

"그렇지 않아도 그런 생각을 하고 있습니다. 임 부장의 말씀대로 주민들을 많이 이주시켜 농사를 짓게 할 계획입니다."

"잘 생각하셨습니다."

압둘 술탄이 당부했다.

"앞으로 잘 부탁드립니다."

임상옥이 약속했다.

"걱정 마십시오. 양국의 우호 증진을 위해 최선의 노력을 다하겠습니다."

임상옥은 끝내 술탄을 지지한다는 확답을 주지 않았다.

술탄은 임상옥의 두루뭉술한 대답이 아쉬웠다. 그러나 지금으로선 이 정도의 대답이 최선이란 걸 그도 잘 알고 있었다.

매각 협상이 원만하게 끝났다. 협상을 마치고 배로 돌아오니 후세인이 헐레벌떡 달려왔다.

"바탐과 빈탄을 넘겨받으셨다고요?"

"그렇습니다. 술탄께서 용단을 내리셔서 의외로 쉽게 결정을 할 수 있었습니다."

개혁군주

후세인이 경계했다.

"혹시 술탄에게 다른 약속을 한 것은 없겠지요?"

임상옥이 단호히 고개를 저었다.

"그럴 일은 전혀 없습니다. 지난번에도 말씀드렸지만, 우리 대한은 절대 타국의 내정에 간섭하지 않습니다."

"후! 다행입니다."

후세인은 임상옥에게 한 번 더 다짐을 받고는 돌아갔다.

그를 보낸 임상옥은 범선 1척만을 이끌고 영국령 자바로 넘어갔다.

네덜란드가 프랑스 속국이 되면서 네덜란드령 인도에도 프랑스 총독이 부임했었다. 그러다 프랑스의 2대 총독이 부임한 1811년, 영국이 프랑스 세력을 네덜란드령 인도에서 몰아냈다.

영국은 네덜란드령 인도의 명칭을 영국령 자바로 변경했다. 그러고는 초대 총독으로 토머스 스탠포드 래플스(Thomas Stamford Raffles)를 임명했다.

토머스 스탠포드 래플스는 어린 나이에 영국동인도회사에 입사했었다. 그리고 성실히 근무한 덕분에 페낭의 부총독까지 진급했다.

이런 래플스를 인도 총독이 초대 영국령 자바의 총독으로 임명했다. 이때가 그의 나이 겨우 서른한 살이었던 1811년이다.

임상옥은 바타비아도 몇 번을 방문했었다. 그러면서 영국령 자바 총독인 토머스 스탠포드 래플스와도 자연스럽게 안면을 트고 있었다.

래플스 총독이 환대했다.

"어서 오시오."

"오랜만에 뵙습니다. 총독님."

두 사람이 반갑게 악수를 나누었다.

래플스 총독이 임상옥을 소파로 안내하고는 바로 질문했다.

"의외의 방문이군요. 지금은 교역할 시기가 아닌데 다른 문제가 있는 겁니까?"

임상옥도 말을 돌리지 않았다.

"총독님께 알려 드릴 사안이 있어서입니다."

래플스가 고개를 갸웃했다.

"내가 알아야 할 일이 있다니요? 그게 무엇인지 참으로 궁금하군요."

임상옥이 사정부터 설명했다.

"우리는 20여 년 전부터 남방과 교역을 해 오면서도 거점을 마련하지 않았습니다. 그러다 보니 불편한 점이 한두 가지가 아니었습니다. 그뿐이 아니라 호주를 본격적으로 개척하려니 그게 걸림돌이 되는 상황입니다."

래플스도 인정했다.

"귀국의 본토에서 호주까지는 거리가 멀어서 거점이 있으면 좋지요."

"예. 그래서 이번에 조호르와 협상을 한 끝에 리아우제도의 두 섬과 부속 도서를 넘겨받게 되었습니다. 그 사정을 알려야 할 거 같아서 이렇게 총독님을 찾아뵈었습니다."

래플스 총독이 큰 관심을 보였다.

"리아우제도의 두 섬을 넘겨받았다고요?"

"그렇습니다. 앞으로 우리는 그 섬에 대규모 항만 시설을 건설하려고 합니다. 건설이 끝나면 자유무역항으로 지정할 것이고요. 아울러 우리 상선의 보호를 위해 일정 규모의 함대도 주둔시킬 것입니다."

총독의 안색이 대번에 바뀌었다.

"조호르가 독립국이니 섬을 넘겨받는다고 해서 우리가 관여할 바는 아닙니다. 자유무역항으로 개발한다면 우리로서도 나쁘지 않고요. 그러나 귀국의 함대를 이 지역에 주둔시키는 사안은 심히 우려되네요."

임상옥이 고개를 저었다.

"조금도 걱정하지 않아도 됩니다. 우리 대한제국은 영국을 최고의 선린 우호국으로 생각하고 있습니다. 그런 바탕이 있었기 때문에 양국이 영토에 대해 대타협을 하게 된 것이고요."

이 부분은 래플스 총독도 인정했다.

"그건 맞는 말입니다."

"그런 우리가 이 지역에 함대를 배치하게 되면 영국에게도 분명 도움이 될 것입니다."

래플스가 쉽게 동조하지 않았다.

"으음!"

"우리는 지난겨울 러시아에 막대한 양의 무기를 제공했습니다. 그런 무기의 지원을 받은 덕분에 프랑스의 침략 전쟁에서 승리했고요."

"그렇다는 소문은 들었습니다. 그런데 왜 그런 말씀을 하시는 거지요?"

"러시아의 알렉산드르 1세가 적극적으로 세력 규합에 나서고 있습니다. 그 결과 프로이센과 오스트리아가 프랑스에 등을 돌렸다고 합니다."

래플스의 눈이 커졌다.

"양국이 프랑스와 등을 돌릴 줄이야! 그렇게 되면 프랑스의 몰락은 시간문제라고 봐야겠네요."

"맞습니다. 나폴레옹 황제는 그럼에도 야욕을 버리지 않고 있다고 합니다. 우리가 입수한 정보에 따르면 나폴레옹을 몰아내려는 여론이 프랑스 내부에서 돌고 있다고 합니다. 그것도 최고위층에서요."

래플스 총독이 더 크게 놀랐다.

"아니, 그런 정보를 귀국은 어떻게 이렇게 빨리 입수할 수 있는 것입니까? 여기서 유럽의 정보를 얻으려면 적어도 반년의 시간이 흘러야 합니다."

임상옥이 고개를 끄덕였다.

"그렇겠지요. 아프리카를 돌아서 여기까지 오려면 적어도 4~5개월의 시간이 필요하니까요. 그러나 우리 대한제국은 유럽의 정보를 보름 정도의 차이로 받아 보고 있습니다."

래플스 총독이 놀라 말까지 더듬었다.

"그, 그게 정말입니까?"

"그렇습니다. 총독께서는 본국이 철도를 보유하고 있다는 사실을 알고 계신가요?"

래플스 총독이 대번에 부러워했다.

"귀국이 만든 물건 중 최고의 발명품이란 사실을 알고 있습니다."

"예. 최고의 물건 중 하나이지요. 그 철도노선이 지금 몽골 초원을 지나 중앙 초원을 가로지르고 있지요. 머잖은 시기에 러시아로도 뻗어 나갈 것입니다. 우리가 유럽 정보를 빠르게 입수할 수 있는 이유는 바로 그 철도 때문이지요."

"철도를 이용한단 말이군요."

임상옥의 말이 낮아졌다.

"프랑스는 오래지 않아 패전하게 될 것입니다. 그렇게 되면 나폴레옹도 폐위되면서 모든 것이 전쟁 이전으로 돌아가게 될 겁니다. 그러면 이곳도 네덜란드에게 돌려주어야 하지 않을까요."

래플스 총독도 인정했다.

"잘 보셨습니다. 우리 영국이 나폴레옹이 잘못 만들어 놓은 유럽 질서를 바로잡을 것입니다. 그 일환으로 네덜란드의 빌럼 5세의 망명도 받아 주었으니 그럴 가능성이 크지요."

"그렇다고 모든 것을 돌려주지는 않겠지요?"

"당연하지요. 아마도 우리가 역점을 쏟고 있는 인도 식민지는 넘겨받을 것입니다."

임상옥도 인정했다.

"귀국도 그 정도의 대가는 받아야지요. 그런데 영국이 이 지역에서 철수하면 잠깐이나마 힘의 공백이 생기게 됩니다. 그러한 시기에 우리가 만들게 될 군항을 귀국 함대가 이용하면 도움이 되지 않겠습니까?"

래플스가 놀라 반문했다.

"귀국이 만든 군항을 우리에게 개방한다는 말씀입니까?"

"당연히 그렇게 해야지요. 우리 대한제국과 귀국이 지난번에 체결한 조약에 따르면, 남방에서 상호 협조하기로 되어 있습니다. 그런 조약에 따라 당연히 문호를 개방해야지요."

래플스 총독의 안색이 변했다.

"우리로서도 더없이 좋은 일이군요. 그런데 이상한 일이네요. 귀국은 식민지 개척을 하지 않는 것으로 알고 있습니다. 그런 방침과 이번 일은 정면으로 배치되는 거 아닌가요?"

임상옥이 고개를 저었다.

"그렇지 않습니다. 우리는 단지 남방 지역에서 거점을 확보했을 뿐입니다. 그러지 않고 식민지를 개척하려 했다면 무력을 동원했을 것이고, 이 정도에서 만족하지도 않았겠지요."

이 설명에 래플스도 인정했다.

"맞는 말씀입니다. 병력을 동원한다면 최소한 투입된 비용 이상의 전과는 얻어야지요."

"그렇습니다. 그래서 우리는 귀국과의 우의를 해치지 않기 위해 저간의 사정을 설명해 드리는 것입니다."

"2개의 섬을 얻은 이유가 따로 있습니까?"

"두 섬은 모두 조호르 해협과 접해 있어서 입지가 거의 똑같습니다. 그래서 거점 확보의 효과를 배가하기 위해 두 섬을 모두 얻게 된 것입니다."

"하나로는 부족했다는 말씀이군요."

임상옥은 생각을 숨기지 않았다.

"다른 나라의 진출을 막기 위한 의도도 있습니다. 우리가 1개의 섬만 얻으면 다른 나라가 나머지 섬을 얻어서 개발할 수도 있으니까요."

"분란의 씨앗을 사전에 제거한 것이군요."

"그렇습니다."

"그런데 제가 인도 총독 각하의 지시를 받는 사실은 알고 계십니까?"

"인도 총독이 영국의 아시아 정책을 관장하고 있다는 말은 들었습니다."

"맞습니다. 그래서 이 사안은 인도 총독께 보고를 드려서 별도의 지시를 받아야 합니다. 그렇다고 걱정은 마십시오. 본국의 우방인 귀국이 거점을 확보한 것을 문제 삼을 생각은 조금도 없으니까요."

"감사합니다."

래플스 총독이 희망을 밝혔다.

"지금도 그렇지만 앞으로도 양국이 늘 가까웠으면 합니다."

"당연히 그래야지요. 그리고 본국은 내년에 개항을 할 예정입니다."

"오! 드디어 귀국이 개항을 결정했군요."

"그렇습니다. 본국은 첫 수교국으로 귀국을 선택했습니다. 그러니 인도 총독께 말씀드려 정식 사절단을 보내 주시기 바랍니다."

래플스의 안색이 더없이 환해졌다.

유럽에서 대한제국의 개항은 큰 관심사였다. 그만큼 대한제국의 위상이 다른 나라들을 압도하고 있었기 때문이다.

특히 대타협을 했던 영국은 어느 나라보다 개항에 관심이 많았다. 그런데 임상옥이 먼저 수교 협상을 하자는 요청을 해 왔다.

래플스에게 치적이나 다름없었다.

"제게 먼저 기회를 주어서 감사합니다. 말씀하신 사항을 즉시 인도 총독 각하께 보고드리겠습니다."

"잘 부탁드립니다. 그리고 하나가 또 있습니다."

래플스가 큰 관심을 보였다.

"좋은 소식이 또 있습니까?"

임상옥이 크게 웃었다.

"하하하! 예, 그렇습니다. 래플스 총독께서는 우리가 상해를 대대적으로 개발하고 있는 사실을 알고 계시는지요?"

"물론입니다. 귀국이 광저우 상권을 가져오기 위해 역점을 들이고 있다는 사실을 모르는 사람은 없을 겁니다."

"그렇군요. 우리 대한은 내년 초 개항에 맞춰 상해도 전면 개방을 할 것입니다."

래플스가 곤혹스러운 표정을 지었다.

"전면 개방이라뇨. 상해는 본래부터 통행이 자유스러웠던 것으로 압니다만."

"통행은 자유로웠지만 머무를 수는 없었습니다."

"아! 그렇습니까?"

"예. 그런 제한을 이번에 완전히 풀게 된 것입니다. 그리고 전면 개방에 맞춰 일부는 자유무역지대로 설정했습니다."

"자유무역지대를 설정했다고요?"

"그렇습니다. 자유무역지대는 관세가 면제되며 입출항에 제한을 받지 않습니다. 그곳을 적극 활용한다면 대청, 대송 무역에 큰 도움이 될 것입니다. 아울러 아시아의 다른 지역과의 교역도요."

래플스가 적극 동조했다.

"당연히 그렇게 되겠지요. 그러면 그 자유무역지대에다 본국의 상관을 설치해야 한다는 말씀입니까?"

임상옥이 고개를 저었다.

"그렇게까지 하지 않아도 됩니다. 상해를 이번에 전면 개항을 하면서 뉴올리언스와 같은 자유무역항으로 지정될 것입니다."

래플스가 탄성을 터트렸다.

"아! 그렇습니까? 자유무역항이 되면 관세가 최저 수준이 되겠군요."

"그렇습니다. 그럼에도 불구하고 자유무역지대를 설정한 까닭은 환적 선박의 입출항을 자유롭게 해 주기 위함이지요."

래플스는 동인도회사에서 오래 근무했다. 그래서 임상옥의 설명을 찰떡같이 알아들었다.

"이야! 참으로 기발한 발상을 했군요. 환적 선박의 입출항이 자유롭다면 상해가 동양 최대의 무역항이 되는 건 시간문제겠습니다."

"그렇겠지요. 동양에서 환적이 자유로운 항구가 있다는 것이 얼마나 편리한지는 총독께서도 잘 아실 것입니다."

"물론입니다. 상해는 지정학적 위치가 최상입니다. 그런 상해에 자유무역지대를 설정했다는 자체가 놀랍습니다. 이건 조계지가 만들어진 것이나 진배없습니다."

임상옥이 씁쓸해했다.

"아쉽네요. 저는 양국의 관계가 어느 나라보다 가깝다고 생각했습니다. 그래서 조호르와의 협정이 체결되자마자 일부러 찾아와 상황을 말씀드리고 있고요. 그런데도 총독께서 가장 차별적인 조계지를 거론하실 줄은 몰랐습니다."

래플스 총독의 안색이 크게 변했다. 그가 임상옥에게 정식으로 사과했다.

"기분 나쁘게 들었다면 죄송합니다. 저는 그만큼 좋은 조건이란 의미에서 말을 했을 뿐입니다. 그럼에도 단어 선택을 잘못한 점에 대해 정식으로 사과드립니다."

래플스가 동양식으로 고개까지 숙이면서 사과했다. 그런 총독의 모습에 임상옥이 오히려 놀랐다.

"이렇게까지 사과하지 않으셔도 됩니다."

래플스 총독이 분명히 했다.

"아닙니다. 저의 잘못이 맞습니다. 대등한 외교관계에 있어서 단어 선택이 얼마나 중요한데, 제가 잠시 긴장의 끈을 놓았습니다. 앞으로 이런 일은 절대 없을 것을 약속드립니다."

임상옥이 사과를 받아들였다.

"고맙습니다. 저도 양국의 우호 증진을 위해 지금보다 더 노력하겠습니다."

두 사람은 서로를 보며 환하게 웃었다.

바타비아를 방문했던 임상옥은 다시 조호르로 올라왔다. 그리고 왕궁을 찾아 술탄에게 영국령 자바 총독과의 대담 내용을 전해 주었다.

압둘 술탄은 상당히 놀랐다.

그는 대한제국의 진출을 영국이 반대는 하지 않더라도 대가를 받아 낼 줄 알았다. 그러나 영국이 조금의 반대도 없이 인정했다는 사실이 믿기지가 않았다.

그만큼 대한제국의 위상을 영국이 인정하고 있다는 의미였다. 술탄은 자신의 판단이 옳았다는 점에 크게 만족해했다.

그는 두 섬의 원주민을 자신들이 먼저 만나 보겠다고 했다. 압둘 술탄의 호의에 임상옥은 정중하게 감사를 표하고서 물러 나왔다.

임상옥이 귀환했다.

올 때와 다르게 광저우와 상해를 거쳐 영구로 들어왔다. 영구에서는 기차를 타고 요양으로 넘어갔다.

"폐하! 가포무역 회사의 임상옥 대표가 들었사옵니다."

"들라 하라."

임상옥은 자신이 의복을 한 번 확인하고서 안으로 들어갔다.

황제는 임상옥을 보는 순간 협상에 성공했음을 직감했다. 그러나 먼저 나서지 않고 기다렸다. 임상옥이 기쁘게 보고하고 싶은 심정을 깨트리고 싶지 않아서였다.

황제의 배려를 알지 못한 임상옥이 인사를 하고는 격한 감정으로 보고했다.

"폐하! 소인 임상옥이 하교하신 임무를 무사히 마치고 돌아왔사옵니다."

황제가 크게 치하했다.

"오! 그거 아주 잘되었구나. 고생이 많았다."

"아니옵니다."

임상옥이 정중히 협정문을 바쳤다.

그것을 펼쳐 읽은 황제가 반문했다.

"차선을 선택했구나."

"그렇사옵니다."

임상옥이 그동안의 경과를 보고했다.

"하하! 역시 대단해. 짐의 기대를 저버리지 않고 아주 큰 일을 해 주었어."

"하오나 첫 목표를 제대로 달성하지 못한 것이 못내 아쉽습니다."

황제가 고개를 저었다.

"전혀 그렇지 않다. 우리가 조사한 바에 따르면 해협의 폭이 겨우 20여 킬로미터에 불과하다. 더구나 두 섬의 면적이 몇 배나 넓어, 장기적으로 보면 오히려 장점이 더 많다."

임상옥은 묘한 느낌을 받았다.

"혹시 폐하께서는 처음부터 차선을 염두에 두신 것입니까?"

황제가 크게 웃었다.

"하하하! 짐이 그럴 리가 있나. 첫 목표가 명분이었다면 두 번째는 실리라고 보면 된다. 그래서 짐은 어느 것을 얻더라도 좋다고 생각한 것뿐이야."

"그러셨군요."

"그래. 그러니 이상한 생각은 말아."

"알겠습니다. 폐하! 하옵고 어느 섬을 개발하면 되겠사옵니까?"

이번에는 황제가 묘한 표정을 지었다.

"어느 섬을 개발하다니? 짐이 선택하지 않은 섬은 개발하지 않겠다는 건가?"

"그렇지 않사옵니다. 두 섬의 면적이 각각 상당히 넓사옵니다. 그런 섬들을 모두 자유무역항으로 개발할 필요는 없다는 생각을 했사옵니다."

"다른 한 섬은 어떤 용도로 활용을 하려고?"

"소인의 생각으로는 오롯이 본국 수군의 거점으로 만드는 게 좋을 거 같았습니다."

"흐흠! 나쁘지 않은 생각이다. 그러면 임 대표가 보기에 어느 섬을 자유무역항으로 만들면 좋겠느냐?"

임상옥이 두루마리 하나를 건넸다.

"압둘 술탄에게서 받은 지도입니다."

황제가 두루마리를 펼쳤다. 두루마리는 아랍 방식으로 만들어진 지도였다.

"조호르 일대를 그린 지도구나."

"그러하옵니다. 축적 등이 잘 맞지는 않으나 섬의 위치는 비교적 정확하옵니다. 지도를 보면 바탐섬이 싱아푸라와 마주 보고 있사옵니다. 그렇다는 건 지리적 장점이 거의 비슷하다는 의미입니다."

황제가 바로 알아들었다.

"바탐을 개발하자는 거구나."

"그렇사옵니다. 더구나 바탐섬은 주변에 크고 작은 섬이 백여 개가 넘사옵니다. 그중에는 상당한 규모의 섬도 몇 개나 있다고 하옵니다. 훗날 그런 섬들을 개발한다면 추가 면적도 쉽게 확보할 수도 있사옵니다."

황제가 즉각 승인했다.

"좋다. 바탐으로 하자. 빈탄은 임 대표의 제안대로 우리만의 거점으로 개발하는 게 좋겠다."

"영명하신 결정이옵니다."

황제가 지도를 보고서 확인했다.

"그런데 빈탄에 탄중피낭이 표시되어 있구나. 지도에 표시될 정도면 나름대로 큰 도시겠지?"

"아주 큰 도시는 아닙니다. 하지만 네덜란드가 한동안 남방의 수도로 삼았을 정도로 탄중피낭의 규모는 꽤 된다고 하옵니다."

"좋아. 내부에 만을 끼고 있으니 탄중피낭을 본국만의 거점 항구로 육성하면 되겠구나. 그리고 빈탄섬의 해협과 접한 지역은 바탐의 발전 상황을 봐 가면서 배후 도시로 개발하면 되겠다."

황제가 임상옥을 바라봤다.

"바탐을 개발하는 일은 쉽지 않을 거다. 그러나 사내라면, 상인이라면, 필생의 과업으로 도전해 볼 사업인 것은 분명하다. 해낼 수 있겠지?"

임상옥이 굳은 표정으로 대답했다.

"솔직히 겁은 납니다. 그러나 그곳에다 뼈를 묻을 각오로 도전해 보겠습니다."

황제가 크게 흡족해했다.

"좋아. 상해 개발에 투입된 인력을 대거 지원해 주겠다. 내각에서도 많은 지원을 해 줄 것이니만큼 잘 협의해 소신껏 개발해 보도록 해."

"알겠습니다. 그런데 상해의 인력을 빼 오면 문제가 되지 않겠사옵니까?"

"괜찮아. 그동안의 노력으로 1차 항만 건설이 대충 마무리되어 가고 있다. 그래서 인력을 빼 오는 것은 크게 문제가 되지 않아."

임상옥도 인정했다.

"소인이 들렀던 상해는 공사가 끝나 가고 있기는 했습니다. 그런데 그 규모가 여느 항구보다 크고 넓은 게 아주 인상적이었습니다."

"나중을 생각해서 처음부터 크고 넓게 조성하게 했다. 그 덕분에 대형 상선 10여 척이 동시에 접안할 수가 있지."

"부두에 설치된 대형 거중기가 아주 인상적이었습니다. 외국인들은 넓은 항만보다 이번에 설치된 대형 거중기를 보고 많이 놀랄 것입니다. 서양 상인들에게 듣기로는 증기기관으로 만든 거중기는 서양에도 없다고 했습니다."

황제가 뿌듯해했다.

"맞아. 서양에는 없는 대형 거중기를 이번에 10대나 설치했다. 한 번에 10톤씩을 이동할 수 있는 규모이니, 그 거중기를 보면 서양인들이 많이들 놀랄 거야."

"철도도 그랬사옵니다. 귀국할 때 모처럼 광저우를 거쳐 왔는데 하나같이 철도에 관심들이 많았사옵니다. 우리가 개항하면 철도부터 타 보고 싶다고 할 정도였습니다."

황제가 질문했다.

"상해 전면 개방을 광저우의 서양 상인들도 알고 있을 터인데, 반응들이 어때?"

"관심이 지대합니다. 상해는 개발 초기부터 관심의 대상이었습니다. 그러나 지금까지는 통행은 가능했으나 지점을 개설하지 못해 불만들이 많았습니다. 화란양행 지점장의 말에 따르면, 광저우의 모든 서양 상인들이 상해 지점을 개설할 거라고 했습니다."

"대륙 상권을 조금이라도 아는 상인이라면 당연히 그렇게 해야지. 가포무역 회사도 상해에다 지점을 개설해야겠지?"

임상옥의 대답이 주저 없이 나왔다.

"그럴 계획이옵니다. 상해뿐이 아니라 광저우와 인도, 그리고 나아가 중동에도 지점을 개설할 예정이옵니다."

황제가 놀랐다.

"인도는 그렇다지만 중동에도 지점을 개설하겠다니 놀랍구나. 중동은 아직 우리와의 직교역이 많지 않은 지역인데 왜 그런 생각을 했지?"

임상옥이 의지를 분명히 했다.

"새로운 시장을 적극적으로 개척해 보고 싶어서입니다. 중동은 자체적으로는 아직 큰 시장이 아니지만 바로 옆에 페르시아가 있사옵니다. 더구나 미지의 땅인 아프리카로의 진출도 쉽사옵니다."

황제는 더없이 만족했다.

"좋은 생각이다. 그렇지 않아도 짐은 조만간 중동 지역에 교두보를 확보하려고 했었다. 그 역할을 가포무역에서 해 주면 되겠구나."

임상옥이 난감해했다.

"소인은 중동 지역에 대해 지식이 별로 없사옵니다. 지점이 개설되면 그때부터 본격적으로 알아보려고 합니다. 그런 제가 당장은 폐하의 바람에 부응하기 어렵사옵니다."

황제가 고개를 저었다.

"걱정하지 않아도 된다. 중동 진출은 국익을 위해 필요한 일이야. 그래서 몇 년 전부터 비원과 군에서도 차곡차곡 준비를 해 왔었지. 임 대표는 그들을 직원으로 채용하면 두고 두고 도움이 될 거야."

임상옥이 반색했다.

"비원과 군의 지원이 있다면 소인이 무엇을 고민하겠사옵니까?"

"하하! 그리 생각하다니 다행이구나. 짐이 비원과 군에 일러 가포무역을 돕도록 하겠다."

"황감하옵니다."

황제는 임상옥에게 다양한 주문을 했다. 임상옥은 대화를 나누면서 황제가 중동이 큰 관심을 갖고 있다는 사실을 어렵지 않게 짐작했다.

임상옥이 조심스럽게 요청했다.

"중동은 대부분이 사막이고 부족 중심의 폐쇄된 지역으로 알고 있사옵니다. 그런 지역을 폐하께서 큰 관심을 갖고 계셨을 줄은 몰랐사옵니다. 폐하께서 중동에 관심을 가지시는 연유를 소인에게 말씀해 주실 수는 없겠는지요?"

황제가 크게 고개를 끄덕였다.

"임 대표가 그런 의문을 가질 만도 하지."

황제가 일어나 세계 전도로 갔다. 그리고 지휘봉으로 아라비아반도를 짚었다.

"아라비아반도는 땅은 무지막지 넓지만, 대부분이 사막이고 황무지다. 개개인이 전투 종족이라고 할 수 있는 베두인들이 살고 있다. 그래서 오스만도 메카와 메디나를 제외하면 거의 버려두다시피 하고 있는 곳이다. 그런 아라비아반도에 변화가 생긴 것은 토호였던 사우드 가문이 아라비아 중앙부에 토후국을 설립하면서부터다."

황제의 설명은 한동안 진행되었다.

임상옥은 아라비아 일대의 상황을 상세히 설명하는 황제의 지식에 몇 번이고 놀랐다.

"지금의 아라비아가 혼란기라는 말씀이군요."

"그렇지. 사우드 가문이 토후국을 선포한 뒤 힘을 기르다 메카를 강점한 것이 화근이었다. 오스만은 이슬람의 종주국을 자처하고 있다. 그런 오스만에게 성지 메카를 강점한 사우드 가문은 반드시 징계해야 할 대상이 되었다. 그래서 이집트의 무함마드 알리 파샤로 하여금 토벌을 지시하면서 아라비아 전체가 전화에 휩싸였다."

"오스만의 자존심을 위해서라도 사우드 가문의 토후국이 망할 때까지 공격이 계속되겠군요."

"그렇다. 오스만이 아랍에서의 영향력을 유지하기 위해서는 무조건 그 가문을 무너트려야 한다."

"그러면 중동 거점은 어디가 좋겠습니까?"

황제가 한 곳을 짚었다.

"이곳, 토후국이 몰려 있는 아부다비 정도가 적당할 거야. 아니면 카타르반도의 도하가 좋다."

"제가 직접 둘러보고 결정하겠습니다."

"그렇게 해. 그리고."

황제가 임상옥을 똑바로 바라봤다.

"지금부터 하는 말의 비밀을 지켜야 한다."

임상옥이 바짝 긴장했다.

"어떠한 일이 있더라도 비밀을 지키겠사옵니다."

"좋아! 짐이 이토록 중동에 관심을 기울이는 까닭은 석유 때문이다."

임상옥의 눈이 커졌다.

"석유라면 얼마 전부터 수입되고 있는 고가의 기름 아닙니까? 찌꺼기인 역청은 도로포장에 사용되는 아스팔트의 원료이고요."

"그렇지."

황제가 아라비아반도 동쪽을 짚었다.

"그 석유가 이 일대에 엄청나게 매장되어 있다."

황제가 임상옥을 바라봤다.

"그런데 그러한 사실은 누구도 알지 못하는 비밀이다. 그런데 짐이 왜 임 대표에게 이런 사실을 말하는 이유를 알겠어?"

"소인이 그 지역을 얻어 내라는 말씀이옵니까?"

"땅을 얻을 수만 있다면 그보다 좋은 일은 없겠지. 그러나 아랍의 땅을 이민족이 차지하는 것은 결코 쉽지 않은 일이다. 그러나 이 지역의 이권만큼은 반드시 얻어 내야 한다. 물론 쉽지는 않을 것이다. 특히 이 지역에 석유가 매장된 사실이 알려지면 유럽 각국이 기를 쓰고 달려들 테니 반드시 은밀히 작업을 해야 한다."

임상옥이 심각해졌다.

"소인은 교역을 위해서 중동으로의 진출을 생각했습니다. 그런데 폐하의 말씀을 듣고 보니 이건 교역이 문제가 아니군요."

황제가 고개를 저었다.

"아니. 겉으로는 무조건 교역을 앞세워야 해. 그러면서 아라비아 동부 지역에서의 입지를 철저하게 다져 나가도록 하라. 그렇게 되어야 나중에라도 다른 나라가 함부로 욕심을 부리지 못한다."

"나중에는 이권을 지키기 위해서라도 병력도 파병해야겠습니다."

"그 부분은 오스만과 협상해야겠지. 그리고 그 전에 베두인족을 용병으로 먼저 고용하는 게 좋다. 조금 전에도 말했지만, 베두인은 개개인의 전투력이 뛰어난 종족이어서 용병으로는 최고다."

"알겠습니다."

"그리고 또 하나. 석유 이권은 워낙 거대해서 혼자 하기는 어렵다. 그래서 상무사도 진출시킬 것이니 잘 협의해서 일을 진행하도록 하라."

"예, 폐하."

황제는 임상옥과 지도를 보면서 다양한 대화를 나누었다. 임상옥은 황제가 지적한 요점은 잊지 않도록 기록까지 하면서 의견을 나눴다.

❖

남방 거점 개발은 의외로 빨리 진행되었다.

황제는 자유무역항이 들어설 바탐의 이름을 '싱가포르'로 개칭했다. 그러고는 상해 항만 공사를 완료한 건설 인력을 대거 남방으로 보냈다.

상무사 건설 인력은 수많은 공사 경험을 축적해 온 전문가들이다. 이런 전문가들이 투입된 싱가포르 항만 공사는 일사천리로 진행되었다.

임상옥은 항만 공사가 시작될 때부터 싱가포르에 상주했다. 그러다 틈만 나면 중동으로 넘어가 지역 토후들과 유대를 다져 나갔다.

이와 같은 임상옥의 노력으로 아부다비에 중동 최초의 상관을 건설할 수 있었다. 이어서 상무사까지 진출하면서 대한 제국의 중동 개척이 본격적으로 시작되었다.

그런데 이렇듯 개항과 상해 개방으로 정신이 없던 연말 한 양으로부터 급보가 날아들었다. 태황태후의 환후가 위중하 다는 전언이었다.

황제는 바로 한양으로 넘어갔다.

한양에 도착한 황제는 곧바로 창경궁 자경전을 찾았다. 자 경전은 태상황제가 즉위한 뒤 모후를 위해 지어 준 전각이다.

자경전은 창경궁에서 가장 높다.

태상황제가 모후의 처소를 이렇게 높은 곳에 지은 까닭이 있었다. 지대가 높아 궁궐 건너 사도세자를 모신 경모궁이 보였다. 그리고 창덕궁과 가까워 문안을 드리기 쉬웠기 때문 이다.

그런 자경전은 이전보다 훨씬 커졌으며, 부속 건물도 몇 채 나 새로 들어서 있었다. 자경전의 규모가 커진 것은 황제가 태황제의 효심을 공경해 전면 개장을 해 드렸기 때문이다.

"태황제 폐하. 황제 폐하 내외분께서 도착하셨사옵니다."

"어서 들라 하라."

황제가 안으로 들어가니 태황제와 두 명의 태후가 앉아 있 었다.

"아바마마, 어인 일이옵니까? 강건하시던 할마마마께서 갑자기 병환이시라니요."

태황제의 한숨을 쉬었다.

"후! 짐도 황망해서 몸 둘 바를 모르겠구나."

누워 있던 태황태후가 희미하게 웃었다.

"황상. 너무 놀라지 마세요. 이 할미의 나이 팔순이 넘었어요. 오늘 당장 죽어도 호상입니다."

황제가 다가가 앉았다.

"그런 말씀 마세요. 소손을 위해서라도, 아바마마를 위해서라도 빨리 쾌차하셔야 하옵니다."

"인명은 재천이라고 했습니다. 생사필멸이란 말도 있지 않습니까?"

"할마마마"

태황태후가 황제의 손을 잡았다.

"황상, 고마워요. 황상 덕분에 이 할미는 평생의 숙원을 풀었습니다. 나는 할바마마의 신원이 살아생전 이뤄질 거라고는 꿈에도 생각 못 했어요. 그런데 그걸 황상이 해 주셨어요. 그 은혜는 죽어서도 절대 잊지 않을 거예요. 고맙습니다, 황상."

태황태후가 울먹이며 고마워했다.

황제가 뼈밖에 남지 않은 태황태후의 손을 잡았다.

"할마마마, 고마우시면 하루빨리 자리를 털고 일어나세요. 그래서 소손과 함께 할바마마를 뵈러 가요."

"이 할미도 그러면 좋겠는데…… 쉽지가 않을 거 같네요."

태황태후가 말하기 힘들어했다.

그것을 본 태의원의 의관이 얼른 다가가 진맥했다. 한동안 진맥을 하던 의관이 착잡한 표정으로 태황태후의 팔을 이불 속으로 넣었다.

"어떠신가?"

태의원 의관이 대답했다.

"황공하오나 태황태후마마의 연세가 있으셔서 기력이 많이 떨어져 있사옵니다. 그래서 지금은 기력을 보하는 약재를 달여 올리고 있사옵니다."

"허면 병증은 없는 것이오?"

"노환이시옵니다."

노환이라는 말에 황제의 안색이 흐려졌다.

황제가 한동안 태황태후의 용태를 살피고 있었는데, 태황제가 조용히 권했다.

"잠시 따로 보자."

"예, 아바마마."

황제가 태황태후에게 양해를 구하고는 밖으로 나왔다.

기다리던 태황제가 지붕이 덮인 복도를 따라 걷다 전각으로 들어갔다.

태황제가 한숨을 내쉬었다.

"후! 큰일이구나."

"언제부터 누우셨사옵니까?"

"가을부터 급격히 쇠약해지셨다. 그러다 이달 들어 자리 보전을 하시는구나."

태황제가 착잡한 표정을 감추지 못했다.

그러던 태황제가 잠시 고심하다 황제를 바라봤다.

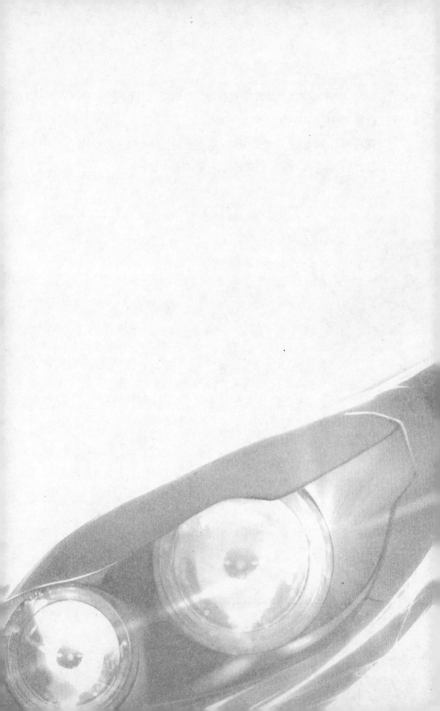

국상 그리고 개항

태황제가 놀라운 발언을 했다.

"아무래도 마음의 준비를 해야겠구나."

황제가 깜짝 놀랐다.

누구보다 효심이 깊은 태황제다. 그런 태황제의 입에서 이런 말이 나올 거라고는 예상도 못 했다.

"아바마마, 받잡기 민망하옵니다. 할마마마께서는 반드시 자리를 털고 일어나실 것이옵니다."

태황제가 고개를 저었다.

"이번에는 쉽지 않다. 할마마마께서 기력을 되찾으신다면 얼마나 좋겠느냐. 그러나 워낙 고령이셔서 일어나시기가 어려울 거 같구나."

"아바마마."

태황제는 목이 메었는지 잠시 말을 못 했다.

그러던 태황제가 길게 한숨을 내쉬었다.

"후! 그래도 참으로 다행이구나. 네 덕에 할마마마께서 평생의 한을 푸셨다. 거기다 궁호(宮號)를 털어 내고 태황태후가 되시면서 말년에는 누구보다 행복하셨다."

황제가 몸을 낮췄다.

"소자가 한 일도 있지만, 아바마마께서 모든 일을 주도하셨습니다."

"허허! 그래, 그 말도 맞다. 그래서인지 짐이 선양하고 한양에 내려왔을 때 그렇게 기뻐하셨다."

"아! 할마마마께서 그러셨습니까?"

"그래. 아비가 평생 짊어졌던 멍에를 잘 벗어 버렸다면서 너무도 환하게 웃으셨단다."

"……아바마마께서는 선양이 아쉽지 않으시옵니까?"

태황제가 딱 잘랐다.

"단 한 번도 그런 생각을 하지 않았다. 아니, 너에게 너무 큰 짐을 일찍 넘겨준 것 같아 오히려 미안하지."

"그러나 권력이란 것이……."

황제가 손을 저었다.

"그 점은 조금도 신경 쓰지 마라. 누가 뭐라 해도 네가 대한의 천자다. 그리고 짐은 지금도 통치를 하고 있지 않느냐.

비록 관북 관서를 직례로 넘겨주었지만, 짐은 남은 영토를 관장하는 것이 오히려 더 편하구나."

이런 태황제가 황제를 바라봤다.

"한양을 배도로 정한 까닭 중 하나가 짐을 배려한 것 아니더냐?"

황제가 고개를 숙였다.

"그렇기는 하옵니다. 평생 권좌에 계셨던 아바마마시옵니다. 그런 아바마마께서 소자를 위해 너무 일찍 권력을 내려놓으면 상실감이 크실 거 같다고 생각했사옵니다."

태황제가 호탕하게 웃었다.

"하하하! 역시 짐의 생각이 맞았구나. 그래. 짐은 너의 배려 덕분에 요즘 새로운 삶을 살고 있다는 느낌까지 받는다."

"그렇게 생각하시다니 다행이옵니다."

"그런데 어려운 일은 정리가 잘되었느냐?"

"예. 다행히 모두가 일치단결해서 한족 반란의 위기를 기회로 잘 만들어 넘겼사옵니다."

태황제가 흐뭇해했다.

"잘했다. 이번 일 처리를 보면서 황상의 역량을 새삼 느낄 수 있었다."

"내각과 군부가 일치단결한 덕분이옵니다."

태황제가 고개를 저었다.

"황상이 아니면 할 수 없는 일이다. 한족 반란을 절묘하게 기회로 만들 생각을 황상이 했다고 들었다. 그 말을 듣고 짐이 탄복을 했다. 그러면서 천자는 타고나야 한다는 생각을 하게 되었다."

"너무 과찬이시옵니다."

"아니야. 짐이 없는 말을 한 것이 아니다. 백성들은 이번 난을 슬기롭게 진압한 황상을 두고 천자(天子)는 타고난다는 말을 하고 있다 들었다."

황제의 용안이 붉어졌다.

"그런 소문이 있는 줄 몰랐사옵니다."

"허허허! 그 말을 듣고 할마마마께서 얼마나 기뻐하셨는지 모른다. 황상."

"예, 아바마마."

"할마마마께서는 이제 더 바랄 게 없는 분이시다. 그러니 너무 마음 아파하지 말고 보내 드릴 준비를 잘하도록 하자. 잘 모시는 것도 효도지만 잘 보내 드리는 것 또한 효도니라. 가실 날이 얼마 남지 않은 어른께 미련을 남겨 드리지 않는 것만큼 중한 일은 없을 것이다."

"……알겠사옵니다."

태황제의 말대로 평생의 한을 다 푼 태황태후는 병석에서도 언제나 밝았다. 그런 태황태후는 해가 바뀌고 보름 만에 모두가 지켜보는 가운데 편안하게 홍서(薨逝)했다.

태의가 태황태후의 임종을 선언했다.

태후전 내관이 태황태후의 웃옷을 왼쪽으로 메고 자경전의 동쪽 지붕에 올랐다. 그러고는 지붕 한가운데 마룻대를 밟고 섰다.

내관이 왼손으로 옷깃을, 오른손으로 옷 허리를 잡아 뿌리며 북향하여 세 번 소리쳤다.

"중궁복(中宮復), 중궁복, 중궁복!"

북쪽은 죽음의 방향이어서 동쪽으로 올라가 북쪽을 향해 외친 것이다. 복(復)은 죽음의 길로 가지 말고 돌아오라는 의미이며, 세 번 부르는 것은 셋을 성스러운 수로 여겼기 때문이다.

대한제국 최초의 국장이다.

장례도감과 산릉도감이 설치되었다. 황제는 태황제를 대신해 국상의 모든 절차를 진두지휘했다.

그런 황제는 49재를 마치고 두 달여 만에 요양으로 환궁했다. 국상도 중요하지만 개항 등 산적한 국정과제를 수행해야 했기 때문이다.

그리고 얼마가 지난 3월 초.

최초의 수교를 위해 영국 국왕의 특사가 영구에 도착했다. 대기하고 있던 외무성 관리가 영국 특사를 황도로 안내했다.

"폐하! 영국 국왕의 특사가 도착했사옵니다."

"어서 들라 하라."

황제가 자금성 접견실에서 특사를 맞았다.

영국 특사는 황제도 만난 적이 있는 인물이었다.

"오랜만에 뵙습니다, 폐하. 그레이트브리튼 아일랜드 연합왕국(United Kingdom of Great Britain and Ireland) 국왕 폐하의 전권대신인 후작 리처드 웰즐리가 대한제국의 황제 폐하께 인사드리옵니다."

특사는 리처드 웰즐리 후작이었다.

황제가 환한 미소를 지으며 그를 맞았다.

"어서 오세요. 오랜만에 보는군요. 짐은 후작이 특사로 올 줄은 몰랐네요."

"환대에 감사드리옵니다. 그리고 제가 귀국 주재 초대 공사로도 부임하게 되었습니다."

황제가 놀랐다.

리처드 웰즐리는 인도 총독에 이어 외무상까지 역임했다. 거기다 후작의 작위까지 있는 그가 주한 공사로 부임할 줄은 몰랐기 때문이다.

"솔직히 놀랍소이다. 후작이 본국 주재 초대 공사로 부임하다니 의외요."

"솔직히 내각에서 격에 맞지 않다고 반대도 있었습니다. 그러나 제가 자청했습니다."

"아! 그래요?"

"귀국은 동양 최고의 국가여서 충분하다고 항변했습니다. 개인적으로도 귀국에 대해 알고 싶은 것이 너무 많았습니다. 그래서 자임했는데 태자 전하께서 흔쾌히 저의 청원을 받아 주셨고요."

"감사한 일이군요."

"그만큼 귀국의 위상을 본국이 인정하고 있다는 의미이기도 합니다."

웰즐리 후작이 준비한 서류를 바쳤다.

"국왕 폐하를 대신해 섭정이신 태자께서 날인한 신임장입니다."

황제가 그가 제출한 신임장을 받았다.

신임장은 본래 상대국에 먼저 제출해 사전 승낙을 받아야 한다. 그러나 대한제국은 영국과 수교를 맺지 않은 탓에 당사자가 직접 가져온 것이다.

황제가 신임장을 외무상에게 넘겼다.

"짐은 리처드 웰즐리 후작의 주한 공사 부임을 승인합니다. 그러니 외무성에서는 그에 따른 절차를 밟아 주도록 하세요."

이만수가 공손히 서류를 받았다

"차질 없이 진행하겠습니다."

황제가 리처드 웰즐리를 바라봤다.

"이곳 요양은 전쟁을 겪으면서 폐허가 되었던 도시지요. 그래서 철저한 계획하에 새롭게 건설하면서, 외국 공관이 들어설 부지도 미리 조성해 놓았지요. 그러니 외무성과 협의해 영국이 좋은 자리를 결정하시오."

리처드 웰즐리가 놀랐다.

"놀랍습니다. 외국 공관이 들어설 자리를 미리 조성해 놓는 경우는 유럽에도 없습니다."

황제도 알고 있는 사실이다.

"그렇겠지요. 각국의 공관은 알아서 매입하거나 새로 건설해야 하니까요. 그래도 유럽은 교류가 많아서 별문제는 없었을 겁니다. 그러나 처음 개항하는 요양은 외국인들에게 생경한 도시지요. 그래서 도시계획을 수립할 때부터 외국 공관이 들어설 자리를 만들어 놓은 것이오."

리처드 웰즐리가 고마워했다.

"고마운 말씀입니다. 저희 외교관의 입장에서는 각국 공관들이 떨어져 있는 것보다 붙어 있는 것이 훨씬 좋습니다. 그리고 약속하신 대로 우리 영국을 첫 수교국으로 지정해 주셔서 검사합니다."

"당연한 일을 한 것뿐이오. 그보다 미국과의 전쟁은 어떻게 진행되고 있나요?"

리처드 웰즐리의 안색이 흐려졌다.

"상황이 좋지 않습니다."

"나폴레옹과의 전쟁이 길어지면서 지원이 쉽지 않은 모양이군요."

"그렇습니다. 다행히 귀국이 절대 중립과 미시시피강의 군사적 이용을 제한해 준 덕분에 초기의 어려움은 잘 극복해 냈습니다. 그 덕분에 대대적인 반격을 해 워싱턴을 함락시키고 대통령궁과 의회 건물을 불태웠지요. 우리는 거기서 전쟁이 끝난 줄 알았습니다. 그러나 미국이 항복하지 않으면서 전쟁이 지지부진하게 흐르고 있는 상황입니다."

"미국은 주 정부의 힘이 강력하다더니 그것이 문제이군요."

"맞습니다. 그래서 고민입니다. 수도가 함락되었어도 주 정부가 항복을 하지 않으니 전쟁을 끝낼 수가 없습니다. 그렇다고 13개 주를 모두 함락시킬 수도 없는 일이고요."

"결국 적당한 선에서 휴전을 해야겠네요."

리처드 웰즐리가 아쉬워했다.

"항복은 받아 내지 못하더라도 이 기회에 단단히 혼쭐을 내 주어야 하는데 아쉽습니다. 지금의 상황으로는 그렇게 흘러갈 것 같습니다."

외무대신 이만수가 나섰다.

"영국으로서는 아쉬운 전쟁이네요."

"후! 맞습니다. 유럽에서는 나폴레옹을 몰아붙이고 있는데, 생각지도 않은 북미에서 발목이 잡히네요."

이만수가 위로했다.

"너무 마음에 두지 마세요. 지금의 영국에게 중요한 건 나폴레옹의 몰락 아닙니까?"

"그렇기는 합니다."

"지금의 유럽 전황으로는 프랑스의 패전은 기정사실입니다. 그렇게 되면 전쟁의 절대적 책임이 있는 나폴레옹 황제는 어떻게 됩니까?"

리처드 웰즐리가 대답했다.

"그렇지 않아도 그 문제로 유럽 각국에서 말들이 많습니다. 대체적인 여론은 나폴레옹 황제 체제를 존속시키자는 것이 중론입니다."

황제가 고개를 저었다.

"나폴레옹은 권좌를 지키지 못할 겁니다."

리처드 웰즐리의 눈이 커졌다.

"놀랍습니다. 폐하께서 유럽의 상황을 확언하실 줄은 몰랐습니다."

"나폴레옹은 국민의 추대를 받아 황제가 되었지요. 그런 사람이 말도 안 되는 징병을 거듭하면서 민심을 너무 잃었어요. 거기다 귀족들의 희생까지 강요하는 바람에, 프랑스를 이끌어 가는 지도층들도 그를 외면하고 있는 상황이에요. 아마도 나폴레옹이 패전하게 되면 내부 분란으로 권좌에서 밀려나게 될 겁니다."

리처드 웰즐리가 깜짝 놀랐다.

"아아! 대단하십니다. 폐하의 통찰력이 이토록 뛰어나다니요. 저도 조심스럽지만 그런 예상을 하고 있었습니다."

"역시 외무상을 역임하며 대외 사정에 밝은 후작답군요. 우리가 파악한 바로는 나폴레옹의 측근들이 대거 배신을 했더군요. 특히 그를 황제로 옹립하는 데 결정적 공훈을 세웠던 탈레랑 외상이 나폴레옹의 권좌 유지를 반대하고 있어요."

"정말 놀라운 정보력입니다. 폐하께서 프랑스의 내부 정보까지 알고 계시다니요."

황제가 크게 웃었다.

"하하하! 우리 대한은 그동안의 교역으로 유럽에 지인들이 많이 생겼답니다. 그런 지인들이 보내 주는 여러 정보 덕분에 짐이 유럽 상황을 비교적 상세히 알고 있는 겁니다."

리처드 웰즐리는 거듭 감탄했다.

"대단하십니다. 대한이 동양 최강국이 된 것은 다 이유가 있었습니다."

"고마운 말씀이군요. 그런데 공사관 건설은 어떻게 할 예정이지요? 필요하면 우리 기술자들을 지원해 드리지요."

"말씀은 고맙습니다만 그리하지 않으셔도 되옵니다. 이번에 제가 오면서 인도에서 건설 기술자들을 데리고 왔사옵니다."

"잘되었네요. 기왕 건설하는 김에 아름다운 공관을 지었으면 좋겠네요."

"염려 마십시오. 이번에 함께 온 기술자 중 유능한 설계 전문가도 있습니다. 적어도 다른 나라에 뒤지는 공관은 짓지 않을 겁니다."

"기대하겠습니다. 다른 나라도 아닌 영국이니만큼 훌륭한 공사관이 들어서길 바랍니다."

"감사합니다."

황제가 리처드 웰즐리에게 손을 내밀었다.

"앞으로 잘 부탁합니다."

리처드 웰즐리가 손을 잡았다. 그러고는 한쪽 무릎을 꿇으면서 황제의 반지에 입을 맞추었다.

"양국이 우호 증진을 위해 최선을 다하겠습니다."

대한제국의 개항은 소문나 있었다. 그래서 영국을 시작으로 유럽 각국의 외교관들이 줄줄이 입국했다.

처음으로 대한제국을 찾은 외교관들은 영구항의 대형 거중기에 놀란다. 이어서 유럽에까지 소문이 나 있는 기차를 보고 놀란다. 그러고는 중간에 부설된 철교를 보며 또다시 놀란다.

요양에 도착해서도 마찬가지다.

서양 외교관들은 대한제국 관공서와 깨끗하게 포장된 도로와 도시환경에 크게 놀랐다. 특히 수세식 화장실이 보급된 사실에 경외감까지 보였다.

유럽은 페스트에 대한 오인으로 몇백 년 동안 목욕을 하지 않았다. 더구나 위생 관념도 없어서 대부분의 서양 도시는 오물과 악취로 가득했다.

거의 모든 사람의 몸에서는 견디기 어려운 악취가 난다. 그로 인해 향수 문화가 크게 발달해 있었다.

그러나 요양은 달랐다.

요양은 설계 초기부터 황제가 참여했다. 그 바람에 오폐수 시설이 도시 구석구석까지 깔려 있었다.

그리고 모든 건물과 주택에는 위생 변기가 설치되어 있었다. 이렇게 된 것은 황제가 아예 법으로 규정했기에 가능했다.

그러나 유럽은 달랐다.

유럽은 요강이 보편적으로 사용되고 있었다. 더구나 오물을 아무 곳에나 투척해, 골목길은 걸어 다니는 것조차 쉽지 않다.

서양 외교관들은 깨끗한 도시환경을 둘러보며 입을 다물지 못했다. 특히 요양이 아직 10년이 되지 않은 신도시란 설명에 거의 경악했다.

그들에게 요양은 꿈의 도시였다.

3월 말.

상해가 전면 개방되었다.

상해 총독에 오도원이 발탁되었다.

황제는 오도원의 협상력과 대외 교역에 큰 발자취를 남긴 공적을 높이 샀다. 그래서 대신과 동급인 상해 총독에 그를 임명하는 파격을 단행했다.

오도원이 백작이지만 중인 신분인 그가 대신이 되기에는 아직 한계가 있었다. 그럼에도 황제가 파격 임명을 단행한 까닭은 신분제도를 철폐하겠다는 의지의 표현이었다.

황제의 내심을 내각도 모르지 않았다.

그럼에도 오도원의 총독 임명을 강력히 반대하지 못했다. 그만큼 오도원이 개인적으로 큰 공적을 워낙 많이 쌓아 왔었다.

더구나 신분제도가 허물어지는 현실을 감안하지 않을 수 없었다. 그 덕분에 오도원은 모두의 환영을 받으며 상해 총독에 취임할 수 있었다.

총독에 취임한 그는 미리 부임해서 상해 개방을 진두지휘해 왔다. 그리고 3월 말 드디어 상해 개방 기념식을 대대적으로 열 수 있었다.

상해 개방에 맞춰 10여 개국에서 영사관 설치를 신청했다. 총독 오도원은 이러한 각국의 신청을 전부 다 받아들였다.

그로 인해 각국에서 파견된 건축기술자들이 먼저 상해로 들어왔다. 각국 기술자들은 대한제국이 지정한 부지에 영사관을 건립했다.

개방 기념식은 성대하게 진행되었다.

동서양 각국에서 수많은 귀빈과 상인들이 참석했다. 그리고 청과 송의 상인들도 대거 몰려들면서 상해는 첫날부터 엄청난 거래가 진행되었다.

개혁군주

상해총독부!

행사를 주관한 오도원이 총독부로 돌아왔다. 상해총독부는 항구에서 떨어진 도심에 위치해 있었다.

집무실에서 오도원은 수많은 내외 귀빈의 방문을 받아야 했다. 부임한 각국 영사부터 각국의 무역관장, 송과 청국의 상인들도 총독을 예방했다.

손님들의 방문은 다음 날도 이어졌다. 오도원이 워낙 많은 사람을 상대하느라 지쳐 갈 즈음, 반가운 사람이 찾아왔다.

"오! 이게 누구신가? 이화공행의 오 대인이 아니오?"

오병감이 두 손을 모았다.

"오랜만에 뵙습니다, 각하. 총독에 취임하셨다는 말은 들었는데, 일이 많아 이제야 인사를 드리게 되었습니다. 죄송합니다."

오도원이 손을 내저었다.

"별말을 다 하시오. 대인이 바쁜 것은 내가 잘 아는데, 이렇게 와 준 것만 해도 고마운 일이지요. 그런데 언제 상해에 온 것이오? 어제 행사에는 보이지 않더니만."

"오늘 오전에야 도착했사옵니다."

"그렇구려. 그런데 이화행도 이번에 상해에 상관을 개설하는 건가요?"

"그렇습니다."

"열심히 해 보시오. 다른 사람은 모르지만, 우리 폐하께 충성을 맹세한 오 대인만큼은 내 힘껏 도와드리리다."

오병감이 두 손을 모았다.

"감사합니다, 각하. 그런데 오늘은 그보다 다른 일을 논의하러 왔사옵니다."

"다른 일이라니요?"

"이번에 소인이 은행을 설립하려고 하옵니다."

오도원이 대번에 걱정을 했다.

"은행을 설립하려면 자본이 많이 필요할 터인데, 준비는 충분한 거요?"

오병감이 자신 있게 대답했다.

"그 점은 걱정 않으셔도 됩니다. 소인은 그동안 황제 폐하의 전폭적인 도움을 받아 왔사옵니다. 그래서 풍족하지는 않지만 나름대로 자본은 준비는 할 수 있을 거 같사옵니다."

"그러면 절차를 밟아서 신청을 하시오. 자본금과 서류에 하자만 없으면 영업허가는 책임지고 내어 주리다."

"감사합니다. 그런데 은행을 하려면 자본금만으로는 부족한 부분이 있사옵니다."

"무엇이 부족하다는 거요?"

"공신력입니다."

오도원이 바로 알아들었다.

"상무사와 합작해서 공신력을 담보로 받자는 것이오?"

의외로 오병감이 고개를 저었다.

"아닙니다. 상무사는 이미 무역은행과 투자은행을 보유하고 있사옵니다. 그리고 지금 상황에서는 상무사로부터 투자를 받을 수는 없다는 것을 잘 알고 있사옵니다."

오도원도 인정했다.

"그건 그렇습니다. 그런데 상무사가 아니라면 어떻게 해서 공신력을 얻으려는 거요?"

오병감이 놀라운 발언을 했다.

"소인은 가포무역 회사가 황제 폐하의 지원을 받은 것으로 아옵니다. 총독 각하께서 가포무역의 임상옥 대표를 연결해 주실 수 있겠는지요?"

오도원이 감탄했다.

"아! 대단한 생각이오. 우리 폐하의 지원을 받은 가포무역과 합작을 하시겠다니요."

"가포무역은 이번에 남방의 싱가포르도 개발하고 있는 것으로 압니다. 그래서 할 수만 있다면 그 사업에도 투자하고 싶사옵니다."

오도원이 고개를 저었다.

"그 일은 나도 뭐라고 답을 드리기 어렵네요."

오병감이 두 손을 모았다.

"총독 각하께서는 연결만 해 주십시오. 성사가 되고 안 되고는 소인이 알아서 하겠습니다."

"알겠소. 주선 정도는 내가 해 드리리다."

"감사합니다, 각하."

임상옥은 상해에 들어와 있었다. 그 바람에 두 사람의 만남은 이날 저녁 바로 성사되었다.

오병감의 합작 제안을 받은 임상옥은 쉽게 결정을 내리지 못했다.

"은행 설립은 모르겠지만 싱가포르 공동 개발은 내 독단으로 결정을 내리기 어렵군요."

오병감도 상황을 짐작하고 있었다.

"폐하의 재가가 있어야겠지요?"

"그렇습니다."

"그러면 저와 함께 폐하를 뵈러 가는 건 어떻게 생각하십니까?"

임상옥이 즉석에서 동의했다.

"그렇게 하십시다. 마침 내일 본국으로 들어가 볼 일이 있으니 함께 가시지요."

"감사합니다."

❊

며칠 후.

두 사람이 황제를 배알했다.

"음! 은행을 공동 설립하고, 싱가포르 개발에도 참여하고 싶다?"

오병감이 몸을 숙였다.

"그렇사옵니다. 폐하께서 윤허해 주신다면 두 사업을 가포무역과 함께 해 보고 싶사옵니다."

황제가 감탄했다.

"역시 오 행수의 감은 뛰어나구나. 은행도 그렇지만 싱가포르의 위상이 어떻게 자리 잡을지를 대번에 간파했어."

오병감이 몸을 숙였다.

"아니옵니다. 소인보다 싱가포르를 거점으로 찾아낸 임상옥 대표의 혜안이 놀라울 따름이옵니다."

임상옥이 고개를 저었다.

"오 대인이 잘못 아셨습니다. 싱가포르를 지목한 것은 폐하십니다."

"아! 그렇습니까?"

"예. 저는 폐하께서 선정해 주신 거점 예정지 중 한 곳을 조호르에게서 얻어 냈을 뿐입니다."

오병감이 두 손을 모아 쥐었다.

"역시 폐하께서는 천하를 굽어보는 혜안을 갖고 계셨습니다. 정말 대단하옵니다."

오병감의 한족 특유의 과한 몸짓을 하며 연신 황제를 치켜세웠다.

황제는 그의 모습에 쓴웃음을 지으며 손을 저었다.

"그만하라. 그보다 싱가포르를 왜 공동 개발할 생각을 하게 되었는지 궁금하구나."

오병감이 생각을 정리해서 대답했다.

"폐하께서 한족을 경계하시는 것을 소인이 모르지 않사옵니다. 그런데 남방에서는 이미 오래전부터 한족이 뿌리를 내리고 있는 상황이옵니다. 싱가포르가 남방의 거점이 되기 위해서는 그들을 배제할 수는 없는 게 현실이옵니다."

황제가 침음했다.

"으음! 그렇지 않아도 그 문제를 어떻게 해결하면 좋을지 고민이 많았다."

"폐하! 싱가포르가 개방되면 한족 상인이 몰려오는 건 시간문제이옵니다. 남방만큼은 그들의 기득권을 인정해 주셔야 하옵니다. 그래야 싱가포르 상권이 빠르게 안착할 수 있사옵니다."

오병감의 설득이 이어졌다.

"……그래서 소인은 남방의 한족들을 적극 포용해야 한다고 생각하옵니다. 폐하께서 한족 상인들의 진출을 윤허해 주신다면 싱가포르는 단숨에 남방 최고의 거점으로 변모할 것입니다."

"우리 대한이 대륙 최고의 나라가 되었으니 이제는 덕을 베풀라는 말이구나."

"과유불급이라고 했사옵니다. 폐하께서 한족을 경계하는

걸 모르는 사람이 없사옵니다. 그리고 그런 경계심 덕분에
송과 청도 과거처럼 막 나가지는 않습니다. 그러나 남방에서
도 한족을 차별한다면 역효과가 날 가능성이 높사옵니다."

"남방에서만큼은 온정을 베풀라는 말인가?"

"그렇사옵니다. 상해도 마찬가지이옵니다. 인력 수급을
위해서라도 한족들에게 문호를 개방해야 하옵니다. 만일 폐
하께서 상해로 인도와 남방 주민들을 대거 이주시킨다면 그
자체가 큰 문제가 될 것이옵니다. 그리되면 상해는 언젠가
탈환해야 하는 영토라는 인식도 절로 심길 것이고요."

오병감이 생각지도 않은 지적을 했다.

황제에게 한족은 두려움의 대상이 아니다. 그러나 대륙 진
출 거점으로 만들 상해가 분란의 대상이 되는 것은 결코 바
람직하지 않았다.

"으음."

"그리고 한족이 전부 자만심으로 가득한 외골수인 건 아니
옵니다. 소인도 그렇지만, 대부분의 한족은 민족의식이 의외
로 높지 않사옵니다."

"그래?"

"예, 폐하. 반감이 많은 자들은 식자층과 권력층입니다.
그리고 빈민계층의 한족은 지배 계층에 대한 반감이 상당합
니다."

황제가 고개를 갸웃했다.

"이상한 일이구나. 송은 백련교를 통해 빈민 구제에 힘을 쓰고 있잖아?"

오병감이 고개를 저었다.

"처음 얼마간 효과가 있었을 뿐입니다. 송에는 빈민이 너무 많아 나라에서도 어떻게 할 도리가 없는 실정입니다. 가난은 나라도 구제 못하는 것이 현실이옵니다. 아무리 종교로 교화한다고 해도 현실적인 빈곤이 사라지는 것은 아니옵니다."

황제도 인정했다.

"맞는 말이다. 송나라는 특히 인구에 비해 일자리가 부족한 것이 문제다."

"역시 폐하시옵니다. 그렇사옵니다. 사람은 많은데 마땅히 일할 곳이 없사옵니다. 폐하! 하오니 그들을 상해나 싱가포르로 불러들여 부족인 인력을 해소하시옵소서. 그리고 교육을 통해 상해 사람과 싱가포르 사람으로 만드시옵소서. 그렇게 되면 폐하께서는 충성스러운 백성 수백 수천만을 얻게 되실 것이옵니다."

황제는 내심 충격을 받았다.

'맞다. 내가 너무 한족을 경계만 했다. 전생에 홍콩과 싱가포르는 한족 중심이지만 본토와는 성향이 전혀 달랐었다.'

오병감의 설득이 이어졌다.

"폐하! 한족 빈민들이 상해와 싱가포르에서 자리를 잡는다고 해도 절대 송과 청에 호의적이지 않게 될 것입니다. 그리고 그렇게 되도록 교육하면 될 것이고요."

임상옥도 거들었다

"폐하! 이이제이라고 했사옵니다. 오 대인의 말대로 한족 빈민들을 대거 유입해서 상해와 싱가포르 사람으로 만든다면 그것이 진정한 이이제이가 되지 않겠사옵니까?"

황제가 반문했다.

"한족들을 불러들여 이이제이를 하자? 그렇게 되면 이화제화(以華制華)가 되겠구나."

오병감이 격하게 반응했다.

"폐하께서 아주 적절한 사자성어를 만드셨사옵니다. 그러하옵니다. 대외적으로 천명할 수는 없겠지만, 이화제화가 시행된다면 대한제국으로선 그보다 좋은 일이 어디 있겠사옵니까?"

두 사람의 설득이 이어졌다. 처음에는 부정적이던 황제의 생각도 그들의 말을 들으며 차츰 변화하기 시작했다.

황제가 잠시 고심했다.

일본 공략을 결정하다

그러던 황제가 드디어 결정했다.

　"좋다. 두 사람의 말대로 한족 빈민들을 받아들이도록 하자."

　오병감이 두 손을 격하게 흔들었다.

　"참으로 현명하신 결정이옵니다. 폐하께서 오늘 내리신 결정으로 상해와 싱가포르는 지역을 아우르는 보석으로 거듭날 것이옵니다. 아울러 대륙의 한족들에게 폐하와 대한제국에 대한 인식을 바꾸는 전환점이 될 것이옵니다."

　"한족들에게 짐의 평가는 많이 박하지?"

　"한족에게 두 명의 무서운 사람이 있다는 말이 있사옵니다. 한 사람은 홍경래 남작으로, 한족들은 그를 연개소문의 화신이라고 하옵니다."

황제가 큰 관심을 가졌다.

"그러면 짐은 무어라고 부르지?"

"조선의 묵돌선우(冒頓單于)라고 부르옵니다."

갑작스러운 이름에 황제가 어리둥절했다.

"묵돌선우?"

"한 고조 유방을 굴복시켜 신속(臣屬)하게 만든 흉노의 가한이옵니다."

"아! 흉노의 묵돌선우."

"묵돌선우는 한 고조와의 전쟁에서 대승했사옵니다. 당시한 고조는 죽음의 위기에 처했는데 선우의 연지에게 뇌물을 써서 풀려났다고 합니다. 그 후 형제의 연을 맺었지만, 실제로는 한은 흉노에게 해마다 많은 조공을 바쳐야 했습니다. 마치 폐하께서 청국 황제의 목줄은 잡았으나 놓아준 형국과 비슷한 상황이지요."

"짐이 청나라를 존속시킨 것을 빗대어 그렇게 부르는 거로구나."

"그렇사옵니다. 묵돌선우는 위대한 정복 군주였습니다. 사마천의 사기에 따르면 묵돌선우는 26개 나라를 평정했다고 하옵니다."

황제는 흡족했다.

"짐을 묵돌선우의 현신으로 생각한다니 나쁘지는 않구나."

개혁군주

임상옥도 거들었다.

"더구나 홍 남작을 연개소문의 재림이라고 생각하고 있사옵니다. 그만큼 한족들이 우리 대한제국을 두려워한다는 의미가 아닐는지요."

오병감이 나섰다.

"그러하옵니다. 만일 폐하께서 한족 빈민들의 이주를 용인해 준다면 엄청난 반향을 불러일으킬 것이옵니다. 그리고 송나라로서도 어려운 짐을 나눠 진 폐하의 결단에 경의를 표할 것이고요."

오병감이 숨을 골랐다.

"그리고 그러한 포용 정책은 송과 청을 더 약하게 만들 것이옵니다."

황제의 용안이 커졌다.

"왜 그런 생각을 하는 것이지?"

"빈민들이라고 해도 자국의 백성들입니다. 그런데 송과 청은 지금까지 버려두고 외면해 왔었습니다. 거의 백성 취급을 하지 않아 왔다고 해도 과언이 아니옵니다. 그런 빈민들이 나라에 어떻게 충성을 바치겠사옵니까?"

"맞는 말이다. 오 대인이 짐이 생각하지 않은 부분을 잘 지적해 주었구나."

황제가 두 사람을 보며 당부했다

"합작은 어려운 일이다. 그래서 형제간에도 합작은 하지 말라는 말이 있다. 그러나 합작을 잘 영위하면서 형제보다 더 가까이 지내는 사람들도 얼마든지 있다. 짐은 현명한 두 사람이 절대 신의를 배반하지 않을 거라 믿어 의심치 않는다."

임상옥이 맹세했다.

"어떠한 일이 있더라도 폐하의 기대를 저버리지 않겠사옵니다."

오병감도 두 손을 모아 쥐었다.

"소인은 처음부터 폐하의 사람이었사옵니다. 그런 폐하께서 발탁한 임 대표를 언제까지라도 형제로 대할 것을 맹세하옵니다."

"좋다. 우선은 두 사람이 합심해서 협의안을 도출해 봐라. 은행은 상해에 본점을 두고 명칭은 상해상업은행이라고 하라. 그리고 싱가포르는 가포무역이 기득권이 있으니, 오 대인은 그 부분을 감안해서 일을 추진해야 할 것이다."

"명심하겠사옵니다."

황제의 재가를 받은 두 사람은 기쁜 마음으로 퇴궐했다. 그리고 며칠 동안 머리를 맞대고 협의해서는 최고의 합작 방안을 도출해 냈다.

협상을 마친 두 사람이 다시 입궐해 황제에게 협상안을 바쳤다. 내용을 살펴본 황제가 크게 흡족해했다.

"잘했다. 이 정도면 공정하다고 할 수 있겠다."

"황감하옵니다."

"은행을 설립하려면 자본금을 마련해야 하는데, 주주를 모집할 생각이더냐?"

오병감이 대답했다.

"자본금은 소인이 준비한 자금만으로도 감당할 수 있사옵니다. 그렇지만 임 대표와 상의한 결과, 대외 공신력을 높이기 위해 일정 비율의 자본금을 추가로 모집하려 합니다."

황제가 파격적인 방안을 내놓았다.

"좋은 생각이다. 음! 이렇게 하자. 상해상업은행의 공신력을 높이는 차원에서, 황실에서 황태자의 이름으로 20%의 지분을 투자해 주겠다."

두 사람의 눈이 더없이 커졌다.

임상옥이 급히 나섰다.

"폐하! 이런 경우는 지금까지 없었사옵니다. 소인들이야 황실에서 투자해 주시면 좋지만, 공연히 말이 나올까 걱정이옵니다."

황제가 고개를 저었다.

"나라가 발전하면서 상무사의 역할이 새로운 전환기를 맞고 있다. 민간 무역 회사가 늘어나면서 그들이 대외 교역에서 차지하는 비중이 높아진 때문이지."

오병감이 나섰다.

"상무사의 대외 교역 비중을 줄이고 투자회사로 전환한다는 말을 들었사옵니다."

"그렇다. 그동안 상무사가 교역을 독점했지만, 실상은 교역은 민간의 몫이 맞다. 그래서 얼마 전부터 대외 교역을 전면 개방한 것이다."

임상옥이 반대 의견을 냈다.

"그래도 아직까지는 상무사가 차지하는 비중이 상대적으로 높사옵니다."

"그건 상무사가 계속 신기술을 개발해 나가고 있기 때문이다. 그러나 공기업이 속속 설립되면서 그런 현상도 점차 줄어들 것이다."

황제는 상무사에 너무 큰 힘이 실리는 걸 경계했다. 그래서 지난 몇 년간 여러 공기업을 설립해 상무사가 취급하던 업무를 분산해 왔다.

"앞으로 짐은 상무사의 대외 교역 비중을 점점 더 낮춰 나갈 것이다. 거래처나 보유 기술도 민간에 넘기고서 일정 수익만 거두게 할 예정이다. 그렇게 마련된 재원을 갖고 다양한 투자를 시행할 것이다."

임상옥이 질문했다.

"소인에게 무역 회사를 설립하게 하신 것도 투자의 일환이시군요."

"그렇지. 이번에 상해상업은행에 대한 투자도 마찬가지다. 그리고 황태자도 개인 자금이 있는 것이 좋다. 그러니 두 사람이 은행업을 잘 영위해서 배당금을 잘 지급해 주도록 해라."

오병감이 두 손을 모았다.

"결코 실망하시는 일이 없도록 하겠사옵니다."

임상옥이 걱정했다.

"폐하, 우리 대한제국의 경제발전은 황제 폐하와 상무사로부터 시작되었습니다. 그런 상무사가 일선 업무에서 물러난다니, 말만 들어도 소인, 걱정이 앞서옵니다."

황제가 고개를 저었다.

"걱정하지 마라. 개혁이 시작되고 이제 20년이 넘었다. 우리나라 경제는 그동안 내실을 착실하게 다져 왔다. 민간 자본도 나름대로 상당히 축적되고 있어서 별문제가 되지 않을 것이다. 그리고 상무사의 일이 줄어들지 않는다. 앞으로 상무사는 더 많은 투자를 할 것이고, 더 많은 기술을 개발해 경제발전을 이끌어 나갈 것이기 때문이다."

황제가 두 사람을 바라봤다.

"황실에서 첫 번째 투자가 가포무역이다. 그리고 두 번째가 상해상업은행이다. 그러니 두 사람은 앞으로도 배전의 노력을 해야 할 것이다."

두 사람이 동시에 소리쳤다.

"명심하겠사옵니다!"

"반드시 성공해 보이겠사옵니다!"

두 사람의 목소리는 그 어느 때보다 컸다.

5월.

황제가 한양으로 내려왔다. 태황태후의 장례가 훙서 후 5개월이 지나서 행해지기 때문이다.

대한제국이 성립되고 첫 국장이었다. 더구나 개항을 한 이후의 국장이었기에 수많은 외교사절이 장례에 참석했다.

황실이 새롭게 정비한 격식에 맞춘 장례는 운구 행렬만도 엄청났다. 끝도 없이 이어지던 행렬은 숭례문을 지나 기차역에서 멈췄다.

태상황제가 태황태후의 상여를 화성까지 기차로 운구하라는 칙명을 내렸기 때문이다. 이러한 태상황제의 칙명에 모든 사람이 환호했다.

한양에서 화성까지 걸어서 사흘이다.

그 거리를 수많은 사람이 먹고 마시는 것도 엄청난 일이다. 그리고 장례에 참석한 외교 사절들을 대접하는 일도 보통 어려운 게 아니다.

그런 어려움을 헤아린 황제가 용단을 내린 것이다. 그 덕분에 이날 오후 태황태후의 시신이 장지에 안상될 수 있었나.

칭제건원 이후, 대한제국 선황제들의 능은 황실 격식에 맞춰 정자각과 석물 등이 전면 보완되었다. 그렇지만 기존의 틀을 완전히 갈아엎지는 않았다.

개혁군주

그러나 융릉은 달랐다.

융릉은 세자의 묘역인 원(園)을 황제의 능으로 전면 개장했다. 더구나 태상황제의 효심까지 더해져 황제의 능으로 면모를 일신했다. 그렇다고 해서 명과 청나라의 황릉처럼 지하에 묘역을 조성하지는 않았다.

이날 저녁.

황제가 수상과 대신 몇 명을 불렀다.

화성행궁도 황궁으로 완전히 변모했다. 그런 행궁의 한 전각에서 황제가 대신들을 맞았다.

"늦은 밤에 불러서 미안합니다."

정약용이 몸을 숙였다.

"별말씀을 다 하시옵니다. 아무리 늦어도 당연히 찾아뵈어야지요."

황제가 대신들에게 술을 따랐다. 거의 술을 마시지 않는 황제가 따르는 술이어서인지 다들 조심스러우면서 긴장한 기색이 역력했다.

"자, 우선 잔부터 비우시지요."

황제가 단숨에 잔을 비웠다.

"오늘 할마마마를 모시고 나니 마음이 아주 착잡합니다."

외무상 이만수가 위로했다.

"태황태후께서 폐하를 워낙 총애하셔서 그러실 것이옵니다. 그러나 이런 때일수록 심지를 굳건히 하셔야 하옵니다."

"그래야지요."

황제가 자작한 잔을 다시 비웠다.

"그런데 오늘 갑자기 두려운 생각이 들었습니다."

"무엇이 두렵다는 말씀이옵니까?"

"할마마마를 모시며 통곡하는 아바마마를 보면서 갑자기 온몸에 오한이 들었습니다. 그러면서 아바마마의 춘추가 벌써 예순다섯이나 되셨다는 사실이 두려워졌습니다."

대신들의 안색이 흐려지면서 방 안에 한동안 침묵이 내려앉았다. 그러다 정약용이 조심스럽게 입을 열었다.

"너무 성려하지 않으셔도 되옵니다. 태황제 폐하께서는 매일 규칙적인 운동을 하고 계시옵니다. 태의원 의관들도 춘추에 비해 강건하시다는 보고를 하고요. 거기다 그토록 즐기시던 담배와 술까지 멀리하시며 건강에 힘쓰고 계시옵니다."

"짐도 왜 그걸 모르겠습니까? 그런데 한 가지 걸리는 것이 있습니다."

"그게 무엇인지요?"

"짐은 그동안 아바마마와 약속한 사안들을 차곡차곡 해결해 왔지요. 그러나 단 하나, 일본에 대한 처리만큼은 시작조차 못 했다는 사실이 갑자기 가슴을 짓눌렀습니다."

"아!"

황제가 모두를 둘러봤다.

"이제 시작해야겠습니다. 그동안 전비 마련 때문에 시기를 조절하고 있었는데, 이래선 안 되겠어요. 자칫 잘못했다간 평생의 한을 남길 수도 있습니다. 그러니 아바마마께서 강건하실 때 일본에게 왜란의 책임을 묻도록 합시다."

일종의 선포였다.

대한제국은 그동안 일본 공략을 위해 차곡차곡 준비해 왔었다. 그러나 국가 발전에 온 역량을 기울이는 바람에 예산 마련이 쉽지 않아 2~3년 후를 상정하여 진행되고 있었다.

백동수가 바로 나섰다.

"폐하, 결행하시옵소서. 준비가 조금은 부족하지만, 본토를 지키는 3군 병력만 동원해도 일본은 단번에 쓸어버릴 수 있사옵니다. 그리고 우리에게는 언제라도 출정이 가능한 몇 개의 함대가 있음을 유념하여 주시옵소서."

백동수와 달리 정약용은 망설였다.

북미에서 금광과 은광이 개발되면서 금은이 쏟아져 들어오고는 있었다. 그러나 전쟁을 치르기 위해서는 준비할 사안이 한두 가지가 아니었다.

그러나 황제의 말이 가슴에 와닿아서 안 된다는 반대를 하지 못했다. 잠시 고심하던 정약용이 차선을 선택했다.

"폐하, 그동안 저희 내각은 일본 공략을 위해 착실히 준비하고 있었습니다. 그러나 지금 당장 대규모 병력을 동원하려 해도 최소한의 준비 기간이 필요하옵니다. 하오니 차근차근 공략해 나가는 것이 어떻겠사옵니까?"

황제도 자신의 제안이 무리라는 것을 모르지 않았다. 그래서 정약용의 우려와 제안을 듣는 순간 머릿속이 차가워졌다.

"짐도 준비 기간이 필요하다는 것 정도는 모르지 않습니다. 적어도 10만 이상의 병력을 동원하려면 준비할 것이 한두 가지가 아니겠지요."

"그렇사옵니다. 그러니 먼저 공략하기 쉬운 지역부터 파고드는 것이 좋겠습니다. 그렇게 시간을 벌면서 준비하는 겁니다. 그러고 나서 본격적으로 공략하는 방식으로 추진하시지요."

황제가 즉석에서 승인했다.

"그렇게 합시다. 국방상."

"예, 폐하."

"일본 열도 위쪽에 있는 섬을 아시지요?"

"북해도 말씀이옵니까?"

황제가 이전 지식을 꺼냈다.

"그래요. 우선은 그 섬부터 공략해 들어가도록 합시다. 북해도는 일본이 마음만 먹으면 당장이라도 점령할 수 있는 섬이지요. 그럼에도 쓸모가 없다는 판단으로 그동안 거의 버려두고 있었고요. 그러던 일본이 얼마 전부터 개척을 시작하고 있어서 첫 공략지로는 최적일 겁니다."

백동수가 두말하지 않았다.

"알겠습니다. 합참에 지시해 북해도 공략에 필요한 작전 계획부터 수립하겠습니다."

황제가 정약용에게 따로 지시했다.

"수상, 내각은 나가사키무역관에 대한 처리 방법을 미리 생각해 두어야 합니다."

정약용이 대답했다.

"저들의 눈을 속이기 위해서는 우리부터 속여야 하옵니다. 그러니 본격적인 공략이 시작되기 전까지는 그대로 두는 것이 좋습니다."

백동수도 동조했다.

"수상 각하의 말씀이 맞습니다."

황제가 바로 동의했다.

"그렇게 하세요. 그리고 열도 공략 작전을 세울 때 주의해야 할 점이 있습니다."

"하교해 주십시오."

"일본은 300여 개의 영지로 나뉘어 있습니다. 전쟁이 시작되면 막부는 다이묘들을 그들의 영지로 내려보내 징병하게 할 겁니다. 우리의 군사력이라면 그렇게 징집한 일본군 정도는 쉽게 격멸할 수 있을 겁니다."

백동수가 자신 있게 대답했다.

"물론입니다. 우리 군은 어느 부대든 꾸준히 훈련을 실시해 오고 있사옵니다. 그런 우리가 훈련도 거의 안 받고 무장도 제대로 갖추지 않은 병력을 이기지 못할 이유가 없사옵니다."

황제도 흡족해했다.

"당연히 그래야지요. 그렇게 일본군을 격멸하면서 에도로 진군하게 되겠지요. 그리되면 자연스럽게 영지를 차례로 지나가게 될 겁니다. 그런데 이때 영지에 대한 공략을 둘로 나누세요."

"어떻게 나누면 되겠사옵니까?"

"저항하는 지역은 철저하게 박살 내세요. 일벌백계 차원에서 몰살시켜도 됩니다. 그러나 항복하는 지역은 최대한 보호해 주도록 하세요."

백동수가 바로 알아들었다.

"내분을 유도하시려는 거로군요."

"그래요. 그리고 전후 처리에도 똑같은 방식을 적용해야 합니다. 여러분들께서는 칭기즈칸 시절 호라즘이라는 나라를 아실 겁니다."

정약용이 대답했다.

"솔직히 이전까지는 몰랐습니다. 그러다 대륙을 평정하고 원사(元史)를 연구하면서 칭기즈칸 시절 멸망한 나라라는 사실을 알게 되었습니다."

다른 사람도 비슷한 대답을 했다.

황제가 설명했다.

"호라즘은 페르시아와 중앙 초원 일대를 장악했던 대제국이었지요. 그래서 몽골을 통일한 칭기즈칸도 사자를 파견해 화친을 청할 정도였고요. 호라즘은 몽골의 화친 요청을 자기가 상국인 양 받아 주었습니다. 그렇게 화친을 맺은 몽골이 상인을 파견했습니다. 그런데 호라즘의 영주 한 명이 상인을 억류하고 재물을 강탈한 것이 화근이 되었어요. 그것을 안 칭기즈칸이 사신을 보냈으나 호라즘 국왕은 사신의 수염을 자르는 모욕을 범하고 돌려보냈습니다."

백동수가 격하게 반응했다.

"있을 수 없는 일입니다. 사신의 수염을 자른다는 건 칭기즈칸을 거세하겠다는 의미가 아니오니까?"

"그렇지요. 분노한 칭기즈칸은 짧은 통지문을 호라즘 국왕에게 보냅니다. '네가 전쟁을 원하니 그대로 해 주겠다.'라고요."

"아!"

"그러고는 금나라를 공략하던 병력을 전부 돌려 호라즘을 공격합니다. 그렇게 시작된 호라즘과의 전쟁은 몽골군의 전승으로 끝이 납니다. 이때 칭기즈칸은 철저하게 호라즘을 부숴 버렸지요. 그 결과 호라즘 백성의 절반 가까운 150만이 몰살당했고요. 그러면서 호라즘이 화려한 도시는 흔적도 없이 말살되었지요."

황제가 대신들을 둘러봤다.

"우리도 그럴 각오로 임해야 합니다. 철저하게 굴복시켜서 우리만 생각하면 경기를 일으킬 정도로 만드세요. 그래야 나중에라도 삿된 생각을 품지 못하게 됩니다."

백동수가 다짐했다.

"알겠습니다. 일본인들은 강자에게는 한없이 약하고 약자에게는 더없이 강한 자들입니다. 그런 일본인을 뼛속 깊이 굴종시키기 위해서라도 폐하의 하교를 중심으로 작전 계획을 수립하겠습니다."

"그렇게 하세요. 그리고……."

황제의 지시가 한동안 이어졌다.

황제는 오래전부터 일본 공략 방식에 심혈을 기울여 왔다. 그러한 고심 덕분에 공략에 필요한 지시 사항들이 거침없이 흘러나왔다.

❀

다음 날.

황제가 태상황제와 함께 산에 올랐다.

그래서 제사를 지내고는 산을 내려오며 전날의 결정을 보고했다. 태상황제는 보고를 받으며 크게 고개를 끄덕였다.

"드디어 시작이구나."

"예. 계획을 조금 앞당기려고 하옵니다."

"왜 그런 결정을 한 것이냐? 제대로 준비하려면 2~3년은 시간이 필요하거늘."

황제가 숨기지 않았다.

"아바마마께서 승전을 바치기 위해섭니다."

태상황제가 고개를 저었다.

"걱정 마라. 선양으로 큰 짐을 내려놓은 덕분에 짐의 몸은 더없이 좋아졌다. 그러니 너무 조급히 추진하지 않아도 된다."

"무리하지는 않을 것이옵니다. 그러나 시작은 지금 하기로 결정했사옵니다."

이어서 공략 방식을 설명했다.

태상황제가 조금의 이의도 없이 동조했다.

"그래. 잘해 봐라. 지금까지는 힘이 없어서 그저 외면하고 살아왔었다. 다행히 너와 온 백성이 일치단결해서 이만한 나라를 만들었으니, 왜란의 책임을 물어야 하는 게 맞다. 천 년 전의 고토도 수복한 우리가 아니더냐. 하물며 이제 200여 년이 겨우 넘은 왜란의 책임은 반드시 물어야지."

"소자도 그렇게 생각하고 있사옵니다. 선조들의 피의 대가를 받아 내는 건 후손의 책무입니다. 지금까지는 애써 외면해 왔지만, 지금은 과거의 잘못을 준열히 꾸짖을 힘이 있사옵니다."

태상황제의 눈에서 불이 일었다.

"절대 가볍게 용서하지 마라. 왜란으로 온 강토가 짓밟혔었다. 수십만의 백성들이 원혼이 되었다. 10만이 넘는 백성들이 코와 귀가 베여 평생을 고통에 살아야 했다. 많은 백성이 일본에 끌려가 모진 고난을 겪어야 했다. 그러한 책임도 철저하고 분명하게 물어야 할 것이다."

황제가 다짐했다.

"소자, 아바마마의 하교 반드시 명심하여 거행하겠사옵니다."

"청국처럼 적당히 종전해 주어선 아니 된다. 반드시 항복을 받아 내라. 그리고 하나, 일본 교토에 우리 백성의 이총(耳塚)이 있다고 한다. 그 이총을 반드시 이장해 오도록 해라. 그런 뒤 그 자리에 크고 아름다운 위령탑을 세워 그분들의 원혼을 위로해 주도록 하라."

황제의 가슴이 턱 막혔다.

"반드시, 반드시 그렇게 하겠사옵니다."

"그래. 위령탑에 반드시 이 말을 새기도록 하라. 우리 대한은 만년이 지나도 결코 과거를 잊지 않는다고 말이다."

"명심하겠사옵니다."

갑자기 태상황제가 휘청했다.

뒤를 따르던 대소 신료들이 대경실색했다. 황제도 크게 놀라 태상황제를 급히 부축했다.

"아바마마!"

태상황제가 손을 내저었다.

"괜찮다. 어마마마를 모시느라 짐이 심력을 크게 쏟아서 잠시 어지러웠을 뿐이다."

황제가 소리쳤다.

"앉을 것을 가져오도록 하라!"

황제를 호종하던 내관이 상시 준비하고 있던 의자를 가져와 펼쳤다. 태상황제가 의자에 앉자마자 태의원 의관이 진맥했다.

태상황제가 씁쓸한 표정을 지었다.

"세월은 누구도 비켜 갈 수 없다더니, 그 말이 맞나 보구나. 짐이 이 정도로 어지럼을 느낄 줄은 몰랐다."

황제가 위로했다.

"조금 쉬시면 괜찮아지실 것이옵니다."

진맥을 하던 태의가 일어났다.

"어떤가?"

"다행히 기맥이 안정을 찾았사옵니다."

"다른 이상은 없나?"

"지금은 그렇사옵니다. 하오나 태황제 폐하께서는 열이 많으시고 성정이 급하시옵니다. 하오니 절대 안정을 취하시고 화를 잘 다스리셔야 하옵니다."

태상황제가 고개를 저었다.

"괜찮다. 내 몸은 내가 잘 아니 너무 걱정하지 않아도 된다."

태상황제는 세손 시절부터 무수한 암살의 위협에 시달려야 했다. 그 바람에 독서를 하며 거의 밤을 지새워야 했으며, 의관도 믿지 못해 직접 의학을 공부했을 정도였다.

황제가 우려했다.

"아바마마께서 의학에 정통하신 것은 소자도 잘 아옵니다. 하오나 요즘의 의학은 과거와 많이 달라졌으니 그 점도 유의해 주셨으면 하옵니다."

대한제국은 서양과 교류하면서 본격적으로 서양의학을 도입했다. 그런 토대 위에 황제가 갖고 있던 소독이나 세균 감염 등의 이전 지식이 더해지면서 의학도 비약적으로 발전하고 있었다.

황제도 이점을 인정했다.

"네 말대로 우리 의학이 발전하기는 했지. 과거였다면 천형이라고 치부했던 마마와 역병도 거의 근절시켰으니 말이다. 허나 짐은 의관의 말대로 속에 화가 많은 것일 뿐이니 너무 걱정하지 마라."

"예, 아바마마."

태상황제가 자리에서 일어났다.

"가자. 짐은 여기서 마무리를 보고 올라갈 것이다. 그러니 너는 국정을 살펴야 하니 먼저 대신들과 황도로 올라가거라."

"그래도 되겠사옵니까?"

"허허허! 걱정 마라. 올라가거든, 상례에 온 외국 사절들에게 감사의 인사를 잊지 말도록 해라. 어마마마 가시는 길에 외국 사절들이 많이 찾아 주어서 아비는 큰 위로가 되었구나."

"그렇게 하겠사옵니다."

황제는 태상황제를 전각에 모시고는 황도로 올라왔다. 이 때부터 대한제국에서는 본격적인 일본 정벌 준비가 시작되었다.

막부를 흔들어라

7월.

유럽에서 급보가 날아들었다.

황제가 보고를 받고는 아쉬워했다.

"나폴레옹이 결국 폐위되었구나. 이렇게 맥없이 물러날 거였다면 동맹국의 협상 제안을 받아들여야 했어. 나폴레옹이 물러나지 않았으면 우리에게도 좋았을 터인데 말이야."

정약용이 거들었다.

"아쉬울 따름입니다. 몇 번의 협상안을 걷어찬 나폴레옹 황제의 오판이 문제였습니다. 탈레랑과 같은 내부 귀족들이 나폴레옹의 제위를 반대한 것이 결정적이었고요."

황제도 인정했다.

"맞아요. 탈레랑과 같은 자들이 문제예요. 나폴레옹의 비호를 받으며 온갖 영화를 누리던 자가 가장 앞장서서 배신할 줄은 몰랐네요. 그가 세력을 모아 퇴위를 주장하지 않았다면 나폴레옹은 분명 권좌는 유지했을 겁니다."

백동수가 고개를 갸웃했다.

"그런데 폐하, 신은 아무리 생각해도 놀랍기만 하옵니다."

"뭐가 놀랍다는 건가요?"

"신의 상식으로는 동맹국의 처리가 이해되지 않사옵니다. 프랑스는 강점했던 지역만 돌려주고 나라를 그대로 유지하게 되었습니다. 단지 나폴레옹 황제만 폐위시키고요. 더구나 사사도 하지 않고 작은 섬이지만 영지를 주어 살게 했습니다. 개인적인 재산도 그대로 인정해 주고요. 동양 같으면 나폴레옹 황제는 분명 사사되었을 겁니다. 프랑스도 산지사방 잘렸을 것이고요."

황제가 유럽 사정을 설명했다.

"그게 다 프랑스의 위상 때문입니다. 프랑스는 영국과의 백년전쟁 이후 지금과 비슷한 영토를 확정했지요. 그때부터 프랑스는 늘 유럽의 강국으로 자리매김해 왔습니다. 더구나 애국심이 다른 나라보다 남달라서 유럽 어느 나라도 프랑스를 지배하기 어려운 게 현실이지요."

외무상 이만수도 동조했다.

"프랑스는 불구덩이나 마찬가지입니다. 아무리 프랑스 영

토가 탐이 난다고 해도 불구덩이인 것을 알면서 그걸 품을
수는 없습니다."

"맞는 말입니다. 그리고 유럽 왕실은 이런저런 인연으로
얽혀 있어서 사사하기도 쉽지 않습니다."

모두가 고개를 끄덕였다.

황제가 상황을 설명했다.

"20여 년 이어지던 유럽 전쟁이 끝내 나폴레옹의 패전으
로 막을 내렸습니다. 우리의 개입으로 전쟁이 몇 년 더 지속
되면서 유럽 대부분이 크게 피폐해졌습니다. 그 여파로 유럽
인들의 이주가 대폭 늘어날 겁니다. 러시아에 진출한 대륙종
단철도가 1차 종착지인 바르샤바까지 연결되면 내륙 이주도
시작될 것이고요. 내각은 이런 유럽 이주민들을 효과적으로
받아들일 준비를 해야 합니다."

정약용이 설명했다.

"유럽 이민자를 본격적으로 받아들이기 위해 뉴올리언스
이민국을 이민지청으로 독립 승격시켰습니다. 아울러 우리
말 학교의 학급 수도 대폭 확대했사옵니다."

황제가 고개를 저었다.

"그것만으로는 부족합니다. 유럽 각국의 고급 두뇌들이
이주할 가능성이 많습니다. 그러니 그에 대한 준비도 해 주
세요."

"고급 두뇌는 본국으로 이주시키는 게 좋지 않겠습니까?"

"당연히 그러면 좋지요. 그러나 본토 이주에 거부감을 느끼는 사람이 적잖을 거예요. 그런 사람들을 위한 별도의 대책을 강구하면 좋겠네요."

"알겠습니다."

"그리고 예술품 수집도 박차를 가해 주세요."

대한제국은 나폴레옹의 도움으로 유럽 전역에서 많은 예술품을 수집해 왔다. 특히 정권 말기 예산이 부족했던 나폴레옹은 온 사방에서 긁어모은 엄청난 양의 예술품을 헐값에 넘기기도 했다.

그렇게 수집한 예술품은 질도 양도 대단했다. 그런데도 황제의 수집욕은 줄어들지 않았다.

정약용이 고개를 갸웃했다.

"폐하, 전쟁이 끝났는데 예술품이 이전처럼 많이 나오겠습니까?"

"의외로 많이 나올 겁니다. 20여 년 이어진 전쟁입니다. 특히 우리가 개입한 몇 년 동안 전쟁의 상흔이 더 크고 깊어졌습니다. 그런 상흔을 치유하려면 막대한 예산이 필요할 겁니다."

이만수가 동조했다.

"그러하옵니다. 주전장이었던 프로이센 일대와 네덜란드, 그리고 폴란드 지역을 주목해야 합니다."

황제가 다시 거들었다.

개혁군주

"맞습니다. 그리고 동맹국이 승전했지만, 프랑스로부터 배상금을 받아 내지 못했어요. 그 바람에 많은 나라가 복구 예산 마련이 쉽지 않을 겁니다. 그런 상황을 잘 이용하면 좋은 예술품을 대거 수집할 수 있을 것입니다. 그리고 수집한 예술품을 이제부터는 철도를 이용해 수송하세요."

"그렇게 조치하겠습니다."

"러시아의 스트로가노프 가문에도 특사를 보내 철도 추가 부설 문제도 논의해야 합니다."

"예, 폐하."

전쟁이 끝난 곳은 유럽이다. 그런데 반대쪽에 있는 대한제국이 전쟁 이후를 준비하느라 다른 어느 나라보다 바쁘게 움직였다.

❁

북방의 겨울은 빨리 온다.

10월의 북방에는 바람에서 먼저 찬 냄새가 나기 시작한다. 그런 10월 중순, 북해도 서쪽 해안에 범선 1척이 나타났다.

선형이 날렵한 범선은 연해주 동명에서 넘어온 대한제국 관측선이다. 일본 공략이 결정되면서 군은 수시로 관측선을 파견해 북해도와 일본 본토를 정탐해 오고 있었다.

관측선 함장 서용진 대위가 망원경으로 북해도 해안을 살펴보고 있었다. 해안가에 짚으로 만든, 지붕이 높은 집이 20여 채 보였다. 그런 마을 앞에는 조잡한 조각배도 몇 척 떠 있었다.

갑작스러운 범선 출현에 북해도 원주민들은 우왕좌왕했다. 그러다 사내들 수십여 명이 창과 활 등을 들고 해안으로 달려 나왔다.

해안을 살피던 서용진이 혀를 찼다.

"쯧! 사할린섬의 아이누족과 다를 게 없어. 우리가 나타나면 언제나 똑같은 행태를 반복하고 있어."

옆에 있던 갑판장이 거들었다.

"저런 대응을 보면 일본과는 거의 교류가 없나 봅니다."

"그렇지. 북해도 아이누가 교류할 상대는 오직 한 가문뿐이야. 일본에서 북해도에 진출한 영주는 마쓰마에(松前) 가문이 유일하잖아."

"북해도 끝의 오시마반도에 있는 다이묘 가문 말씀이지요?"

"그래. 조사에 따르면 그 가문은 반도 위에 국경선까지 설치했다고 해. 아이누족이 넘어오지 못하게 단속하기 위해서 말이야."

갑판장이 기가 막힌 표정을 지었다.

"말도 안 됩니다. 지네들이 침략해 놓고 국경선까지 정하다니요?"

개혁군주

"아이누 부족을 천시해서 그런 거겠지."

갑판장이 바로 이해했다.

"하긴, 사할린의 아이누 부족을 본 적이 있는데, 거의 원시인이더군요."

"맞아. 나도 그런 걸 봤어. 사용하는 도구들이 거의 마제석기더라고."

"저들은 그래도 사할린의 아이누보다 더 문명 생활을 하지 않을까요? 일본과 오랫동안 교류를 해 왔으니 말입니다."

서용진이 고개를 저었다.

"꼭 그렇지만도 않은가 봐. 일본은 아이누 부족의 무장을 막기 위해 일부러 철기를 제한해서 넘긴다고 하더라고. 그것도 아주 고가로 말이야. 더구나 교류도 철저하게 허가받은 자만 인정해 주고 있다고 해."

"저들의 발전을 일부러 막아 온 것이군요."

"그렇지."

"간악한 놈들이네요. 그런데 이 넓은 북해도를 에도막부가 왜 버려두었을까요? 지금이라도 막부가 나서면 점령은 시간문제일 텐데요."

"쓸모없다고 판단해서야."

갑판장은 어리둥절했다.

"예? 그게 무슨 말씀입니까? 쓸모가 없다니요? 저 건너 보이는 평원만 해도 엄청난 넓이인데 왜 쓸모가 없습니까?"

"일본의 주식은 우리와 같은 쌀이잖아. 그런데 북해도는 추워서 쌀을 생산하지 못해. 그리고 아이누 부족만 살고 있다는 것도 문제였을 것이고."

갑판장이 더 어이없어했다.

"아이누의 땅이니 그들만 살고 있는 건 너무도 당연한 거 아닙니까?"

서용진이 고개를 저었다.

"그렇지 않아. 일본은 아이누들을 거의 짐승 취급하고 있어."

갑판장의 눈이 커졌다.

"그게 무슨 말씀입니까? 어떻게 사람을 짐승 취급한단 말씀입니까?"

"그러니 문제지. 아이누는 일본 본토 북부에도 상당한 숫자가 살고 있다고 해. 그런 아이누를 일본인이 미개인이나 짐승 취급하면서 지속적으로 차별해 왔어. 그 때문에 반란도 몇 번 일어났다고 하더군. 그렇게 천시하는 아이누가 살고 있는 북해도로 진출할 다이묘가 어디 있겠어?"

갑판장이 크게 고개를 끄덕였다.

"아이누를 다스려 봐야 실익이 없다고 생각했나 보군요."

"그렇지. 일본의 다이묘는 쌀의 생산량인 석고(石高)로 지위를 나눠. 그래서 쌀농사를 짓지 못하는 북해도는 땅은 넓지만 쓸모없는 곳이지."

개혁군주

갑판장이 고개를 갸웃했다.

"함장님 말씀이 이해가 되지 않습니다. 사람을 짐승 취급 하는 것도 어이가 없는데, 쌀농사를 못한다고 쓸모없는 땅이 라니요. 쌀농사를 못하면 우리처럼 밀이나 보리 농사를 지으 면 되지 않나요?"

조용진이 크게 웃었다.

"하하하! 그건 우리 생각이고. 일본은 아직 우리처럼 밀가 루를 대량 가공할 기술이 없잖아."

갑판장이 자책했다.

"아! 맞습니다. 우리도 밀가루를 대량으로 생산하는 것이 얼마 안 되었어요?"

"그래, 불과 몇 년 전만 해도 국수는 귀한 음식이었잖아. 일반 백성들은 돌이나 결혼, 회갑 등과 같은 날이나 겨우 맛 을 볼 정도였어."

"맞습니다. 밀이나 메밀을 가루로 만드는 일은 엄청난 노 력이 필요했었지요. 지금처럼 공장에서 대량 생산되어 전방 에서 밀가루를 사 먹을 거라고는 꿈에도 생각 못 할 정도였 지요."

"그렇지."

"그러고 보면 격세지감을 느낄 정도로 엄청나게 발전했습 니다. 우리 어렸을 때는 서당 가는 게 고작이었잖아요. 그것 도 못사는 아이들은 근처에도 못 갔고요. 그런데 요즘은 모두가 학교에 갈 수 있게 되었습니다. 거기다 매일 급식으로 빵도 무상으로 하나씩 나눠 주고요."

"격세지감이 맞지. 나라가 발전한 덕분에 나 같은 평민 출신도 장교가 될 수 있게 되었으니 말이야."

"맞습니다."

"자! 감상은 그만하고 배를 가까이 접근시키도록 하자."

"예, 함장님."

잠시 후,

관측선은 해안가로 최대한 접근했다. 그렇게 접근한 범선은 북해도 해안을 따라 천천히 내려갔다.

아이누 부족은 수렵과 채취, 어로로 생활해 대부분이 해안에 거주한다. 이런 아이누에게 대한제국 관측선은 그야말로 경이의 대상이었다.

관측선은 500톤 규모다.

그럼에도 조각배를 겨우 만드는 아이누에게는 상상할 수 없을 정도의 규모. 그래서 관측선이 나타날 때마다 모든 아이누가 해안에 몰려나왔다.

관측선은 아이누를 경악에 빠트리면서 유유히 해안을 돌았다. 그렇게 내려가던 관측선은 북해도와 일본 본토를 가르는 쓰가루 해협으로 접어들었다.

이번에는 일본인들이 난리가 났다.

마쓰마에는 아이누와의 교역으로 생활을 영위해 나간다.

개혁군주

그런 영지는 본토의 다른 영지에 비해 규모도 인구도 작다.

이곳의 일본인에게 관측선은 이양선(異樣船)이었다. 그래서 관측선이 지나가면 바로 배를 띄워 이양선의 출몰을 에도막부에 보고했다.

관측선의 이런 행동은 미리 짜 놓은 계획의 일환이었다. 대한제국은 일본을 본격적으로 공략하기 전에 에도막부를 흔들어 놓으려 했다.

이런 움직임은 북해도뿐이 아니었다.

대마도는 소오 가문이 역대로 다스리고 있다. 그런 대마도의 13대 도주인 소오 요시카타(宗義質)은 요즘 밤잠을 못 이루고 있었다.

대마도도 농토가 거의 없는 산지다.

더구나 일본 본토로 넘어가기 위해서는 물살이 센 해협을 건너야 한다. 그로 인해 대마도는 오래전부터 대한에 식량을 의지해 올 수밖에 없었다.

대마도의 식량 생산량은 1만 석이 겨우 넘는 정도다. 그럼에도 지금까지는 대한과의 외교를 중재한다는 이유로 10만 석의 석고를 인정받아 왔었다.

그만큼 일본은 대한제국과의 외교를 중요하게 생각해 왔다. 그래서 대마도는 초량왜관을 운용하면서 상당한 수익을 올려 왔다.

그런데 모든 것이 한순간에 없어졌다.

초량왜관이 폐쇄되었다.

나가사키 무역관에 영사관이 개설되면서 외교 중재의 임무도 끝났다. 대마도로서는 손발이 잘린 것을 넘어 명줄까지 잘린 것이다.

대마도주가 한숨을 내쉬었다.

"후! 큰일이구나. 막부의 석고 유예기간이 금년으로 끝나는데, 아무리 고심을 해도 이를 해결할 방법이 없어."

에도막부는 왜관 폐쇄에 이은 직접 통상에 맞춰 10만 석의 석고 유지를 5년간 유예해 주었다. 그러다 대마도주의 간청으로 2년을 더 연장해 주었는데, 그 기간도 내년으로 끝이었다.

대마도의 숙노(宿老) 후쿠카와 쇼겐(古川将監)이 몸을 숙였다.

"주군, 황공하오나 하루빨리 대책을 강구해야 하옵니다. 이러다간 도민들이 모두 굶어 죽게 생겼습니다."

쾅!

도주가 탁자를 내리쳤다.

"누가 그걸 모르는가?"

후쿠카와 숙노가 급히 몸을 숙였다.

"송구합니다. 소인이 답답해 주군께 감히 결례를 범했사옵니다."

도주가 팔을 저었다.

"아니다. 내정을 책임지고 있는 숙노가 오죽 마음이 급했으면 그런 말을 했을까. 이해한다."

숙노가 조심스럽게 입을 열었다.

"주군, 지금으로선 특단의 대책 이외에는 방법이 없사옵니다."

"특단의 대책?"

"그러하옵니다. 우리 영지가 이대로는 유지가 어렵다는 걸 막부도 모르지 않사옵니다. 주군과 소인 등이 벌써 6년째 그런 사정을 막부에 계속해서 진언해 왔고요."

"그렇기는 하지. 그러나 막부도 뚜렷한 해결 방안을 찾지 못하고 있잖아."

"아닙니다. 이번에 방안을 찾았다고 하옵니다."

도주의 눈이 커졌다.

"방안을 찾았어. 그게 무슨 방안이라고 하지?"

"전봉(轉封)이옵니다."

도주의 안면이 와락 일그러졌다.

"전봉이 방안이라고?"

"소인이 알아본 바로는 기내(畿內)의 가와치국(河內國)으로 전봉해, 주군의 격을 10만 석으로 유지하려고 한다고 했사옵니다."

기내는 경기(京畿)와 같은 말로 일본 본토의 교토 주변 지역을 지칭한다.

기내라는 말에 대마도주의 안색이 조금은 누그러졌다.

"그러면 대마도는?"

"그리되면 여기는 막부 직할령이 되지 않겠사옵니까? 아니면 규슈의 다른 영주에게 맡기든가요."

도주가 고개를 저었다.

"그건 안 될 말이다. 우리 가문이 대마도에 입도한 것이 벌써 800여 년이다. 그 오랜 시간을 지켜 온 영지를 어떻게 포기한단 말이냐."

"주군, 지금은 명분보다 실리를 따져야 할 때이옵니다. 이제 대한이 된 조선은 과거의 나라가 아니옵니다. 그런 대한이 우리를 위해 왜관을 다시 열어 줄 리는 만무하옵니다."

"으음!"

"문제는 또 있사옵니다. 나가사키에서 거래되는 물량이 막대하다고 하옵니다. 그러면서 대한이 자발적으로 납부하고 있는 세금이 한 해에 백만 냥이 넘고요. 그렇게 막대한 수익을 막부가 포기하고 과거처럼 우리에게 교역과 통상을 대행시키지는 않을 것이옵니다."

대마도주가 고개를 저었다.

"아아! 참으로 갑갑하구나. 선조의 유업을 이으려니 당장 내년부터가 문제다. 그렇다고 전봉을 하자니 오랫동안 가문에 충성해 온 백성들을 버리는 꼴이 되었어."

숙노의 설득이 이어졌다.

"주군, 중요한 것은 주군과 가문이옵니다. 본토에서 몇 개

구니를 통치하던 거대 가문들이 일장춘몽처럼 없어진 경우가 얼마나 많습니까? 가문이 융성하면 후일을 도모할 수 있지만, 가문이 몰락하면 아무것도 할 수 없음을 유념하시옵소서."

"……."

이때였다.

땡! 땡! 땡! 땡!

갑자기 비상종이 타종되었다.

도주가 놀라 자리에서 벌떡 일어났다.

"이게 무슨 일이냐? 이런 시기에 비상종이라니."

숙노가 숙였다.

"주군께서는 잠시 기다리십시오. 무슨 일인지 소인이 나가서 알아보고 오겠습니다."

잠시 후.

밖으로 나갔던 숙노가 급히 들어왔다.

"주군! 큰일 났습니다. 항구 방면으로 이양선이 출몰했사옵니다."

대마도주가 급히 문을 박차고 나갔다.

숙노가 도주를 바다가 내려다보이는 지점으로 안내했다 그러자 2척의 범선이 떠 있는 모습이 포착되었다.

도주가 인상을 썼다.

"요즘 들어 왜 이렇게 이양선이 자주 출몰하는 거야. 혹시 저 양이들이 우리 섬을 노리고 있는 거 아냐?"

숙노가 고개를 저었다.

"저들의 움직임으로 봐서는 그렇지는 않은 거 같습니다. 만일 그랬다면 벌써 무슨 사달이 나도 났을 것입니다."

소오 도주가 답답해했다.

"이거 불안해서 살 수가 있나. 우리는 대포가 없어서 섬을 방어할 수 있는 건 조총이 전부다. 이런 상황에서 이양선이 수시로 나타나니 무슨 대책을 강구해도 해야겠어."

"주군, 이양선이 언제까지 정탐만 하고 갈지 모르는 일입니다. 하오니 막부로 전령을 보내서 대포 지원을 요청하시지요."

도주가 그 자리에서 승인했다.

"좋아! 그렇게 하라. 이양선이 이토록 자주 출몰하니 해안 포대라도 제대로 갖춰야 마음의 안정을 찾을 수 있겠다. 숙노는 지금 당장 막부로 전령을 보내도록 해."

"예, 주군."

숙노는 즉시 전령을 보냈으며, 보름여 만에 막부에 도착했다.

이 사안을 가장 먼저 접한 막부 중신은 노중(老中) 도이 도시아쓰(土井利厚)였다.

대한제국은 막부를 흔들기 위해 수시로 범선을 열도 곳곳에 노출해 왔다. 그 결과 이양선이 출몰했다는 보고가 쏟아져 들어오고 있었다.

에도막부는 크게 당황했다.

에도막부가 들어서고 몇 번 재해가 발생하며 문제가 되었다. 그로 인해 재정의 위기 상황을 수시로 겪었으나 대외적으로는 별문제가 없었다.

그런데 몇 개월 전부터 이양선 출몰이 급증하면서 열도 전체가 뒤숭숭해졌다. 그렇다고 에도막부에서 이양선을 제어할 방법이 없었다.

그나마 이양선의 출몰은 잦아졌지만 위협이 된 적은 없었다. 그런데 이번에 처음으로 대마도주로부터 지원요청이 들어온 것이다.

도이 도시아쓰가 회의를 소집했다. 막부 노중들이 모이자 도이 도시아쓰가 사정을 설명했다.

"……이렇게 되어서 노중 회의를 소집했습니다."

아오야마 다다히로(青山忠裕)가 거부했다.

"불가합니다. 지금까지 막부에서 다이묘에게 무장을 지원한 적은 한 번도 없습니다. 외침이 있는 것도 아니고, 단지 이양선이 자주 출몰한 것만으로 그런 전례를 깨트릴 수는 없습니다."

사카이 다다유키(酒井忠進)도 동조했다.

"아오야마 공의 말씀이 맞습니다. 과거의 대마도였다면 고심이라도 해 볼 가치가 있습니다. 그러나 지금은 대한과의 통상이 나가사키를 통해 직접 이뤄지고 있습니다. 그런 상황에서 지원이라니요. 더구나 대포와 같은 대형 화기를 지원해 줄 수는 더더욱 없습니다."

두 명의 노중이 같은 의견을 냈다.

마쓰다이라 노리야스(松平乘保)는 다른 의견을 냈다.

"대마도는 상징성이 있는 지역입니다. 그런 곳을 방치하다 외침이라도 받는다면 막부 체면에 큰 손상을 입게 됩니다. 그러니 변방 방어의 일환으로 포대와 병력을 보내는 것이 좋을 것입니다."

아오야마가 강력하게 반대했다.

"그럴 수는 없습니다. 각 지역은 다이묘들이 책임지고 지켜야 합니다. 그러라고 막부가 영지 경영에 간섭을 거의 하지 않아 왔습니다. 마쓰다이라 공의 말씀대로 포대와 병력을 파견하려면 대마도를 막부직할령으로 만들어야 합니다."

도이 도시아쓰가 나섰다.

"아오야마 공께서는 대마도의 다이묘를 전봉시켜야 한다는 말씀인가요?"

"그렇습니다. 지금의 대마도는 자생이 불가능한 지경입니다. 그렇다고 가치가 떨어진 대마도를 지금처럼 10만 석의 석고를 인정해 줄 수는 없지 않겠습니까?"

사카이도 적극 동조했다.

"옳은 말씀입니다. 지원해 줄 바에야 전봉시키는 게 좋습니다. 병력 지원의 선례를 남기게 되면 앞으로 두고두고 문제가 될 것입니다."

도이 노중이 곤란한 표정을 지었다.

"소오 가문이 대마도의 주인이 된 지가 벌써 800년이 넘습니다. 그런 가문이 전봉에 동의하겠습니까?"

사카이가 다시 나섰다.

"그래도 전봉이 최선입니다. 지금은 양이도 문제지만 한국이 더 문제가 될 수 있습니다. 여러분께서는 한국이 그동안 얼마나 발전했는지 모르지 않으실 겁니다."

노중들의 안색이 흐려졌다.

사카이가 말을 이었다.

"대마도는 과거부터 우리 본토보다 한국과 더 가까운 지역이었습니다. 그런 대마도를 한국이 탐을 낸다면 그게 더 문제가 되지 않겠습니까?"

도이가 강력하게 이의를 제기했다.

"한국은 청국과의 전쟁에서 승리하면서 황하 이북과 만주, 몽골 초원의 어마어마한 영토를 획득했습니다. 그리고 소문에 따르면 태평양 건너에도 어마어마하게 넓은 영토를 보유하고 있고요. 그런 한국이 무엇이 아쉬워서 조그만 대마도를 노리겠습니까?"

사카이가 고개를 저었다.

"영토를 크기만으로 생각할 수는 없습니다. 대마도는 과거부터 대륙과 우리 일본과의 교류에서 중요한 가교 역할을 해 왔습니다. 한국이 조선이던 때도 그랬고요. 지금은 그때보다 중요도가 떨어지지만, 지정학적으로는 여전히 중요한 섬입니다."

대한제국이 거론되자 회의실의 분위기가 급격히 떨어졌다. 한동안 무겁게 내려앉았던 침묵을 마쓰다이라 노중이 깼다.

"소오 가문을 본토로 전봉시킵시다. 그런 뒤 대마도를 막부 직할령으로 만들어 봉행을 파견해 수비하게 합시다."

아오야마도 적극 동조했다.

"저도 그게 최선으로 보입니다. 소오 가문은 도자마 다이묘지만 초대 쇼군께 충성을 맹세한 이후 철저하게 막부를 섬겨 왔습니다. 그리고 대조선 외교의 첨병으로도 중요한 역할을 해 왔고요. 그런 가문을 전봉시켜 예우한다면 다른 다이묘들에게도 귀감이 될 것입니다."

아오야마의 의견에 모두 동조했다.

노중들의 의견이 모이자 곧 보고서가 작성되어서는 쇼군께 올려졌다. 상황을 대조선은 쇼군은 그 자리에서 전봉을 결정했다.

대마도는 막부에 지원을 요청했다.

그런데 막부는 지원이 아닌 소오 가문의 전봉을 결정했다. 자신들의 요청과는 전혀 다른 방향의 결정으로 소오 가문은 크게 당황했다.

멸절과 포용

소오 도주가 격노했다.

쾅!

"이게 대체 무슨 일이야? 아무리 막부 노중 회의를 거친 결정이어도 이건 아니지. 우리는 무려 800년 넘게 대마도의 주인으로 살아왔다. 그런 우리 가문의 의사도 확인하지 않고 전봉을 결정하다니. 굴욕도 이런 굴욕이 없다."

숙노가 급히 몸을 숙였다.

"주군, 고정하시옵소서. 이번의 막부 결정은 가문의 위기를 해결해 주기 위해서입니다. 그런 결정을 대놓고 반대하면 쇼군께 불충이 되옵니다."

불충이란 말에 소오의 안색이 변했다.

"으음!"

침음하던 도주가 고개를 저었다.

"나도 전봉에 대해 생각을 해 보지 않은 것은 아니다. 그러나 이건 아니다. 우리 가문이 비록 막부에 절대적인 충성을 하고 있지만 후다이 다이묘(譜代大名)가 아니다."

후다이 다이묘는 도쿠가와 이에야스의 가신들로 다이묘가 된 자를 말한다. 소오 도주가 주먹을 움켜쥐며 이를 악물었다.

"우리 대마도가 한촌이지만 가문의 역사와 전통만큼은 그 어떤 가문에 뒤지지 않는다. 그런 우리를 후다이 취급을 하다니……."

"주군, 잠시 고정하십시오. 막부의 처분이 옳지 않다면 직접 상경하셔서 쇼군께 사정을 호소하면 됩니다. 그러면 쇼군께서도 분명 주군의 말씀에 귀를 기울이실 것이옵니다."

소오 도주가 한숨을 내쉬었다.

"후우! 참으로 답답하구나. 한국이 우리에게서 멀어지자마자 온갖 일들이 우리를 괴롭히는구나."

소오 도주가 손을 저었다.

"혼자 있고 싶으니 그만 물러가라."

"예, 주군."

전봉 소문은 삽시간에 대마도를 휩쓸었다.

가신들의 의견이 둘로 나뉘었다.

대부분의 가신은 오랫동안 살아온 대마도에 남기를 바랐

다. 그러나 일부는 본토 전봉을 찬성했다.

　가신들의 의견이 둘로 나뉘자 대마도의 민심이 뒤숭숭해졌다. 한 번 끓어오른 민심은 쉽게 가라앉지 않았다.

　비원은 초량왜관이 폐쇄되기 전 대마도의 사무라이 몇 명을 포섭해 두었다. 포섭된 사무라이들은 이후 은밀한 방식으로 대마도 상황을 보고해 왔다.

　이번 일도 그들의 보고로 대한에 알려졌다. 비원의 보고를 받은 황제가 크게 흡족해했다.

　"잘되었다. 짐의 예상대로 막부가 전봉을 결정했구나."

　비원원장이 대답했다.

　"이간계가 제대로 들어맞아서 다행입니다. 너무 늦지 않게 도주에게 밀사를 보내겠습니다."

　"그렇게 하세요. 그러나 너무 많은 조건을 제시할 필요는 없습니다."

　"물론입니다. 과거의 잘못을 면제해 주는 것만 해도 도주에게는 큰 혜택이나 다름없으니까요."

　백동수가 의문을 나타냈다.

　"폐하, 대마도는 왜란 당시 일본군의 전초기지 역할을 했던 곳입니다. 그런 대마도를 혜택을 주어 가며 회유할 필요가 있겠사옵니까?"

황제가 설명했다.

"그래서 더 포섭하려는 거예요. 대마도주가 우리의 제안을 받아 항복한다면 짐은 대마도를 전진기지로 삼을 겁니다. 다이묘가 항복하고 그 영토가 전진기지가 된다면 막부의 상실감은 엄청날 겁니다. 그리고 다른 다이묘들에게 알려진다면 의외로 큰 반향을 불러일으킬 수도 있고요."

"내분을 조장의 일환이군요."

"일본은 외세의 침략을 대규모로 받아 본 적이 없어요. 과거 몽골의 침략은 있었지만 태풍 덕분에 제대로 싸워 보지도 않고 이겼지요. 여몽연합군 때도 사정은 마찬가지고요. 그래서 일본 지도층은 기고만장한 경향이 없지 않습니다."

황제가 주먹을 쥐었다.

"이번에 저들이 갖고 있는 쓸데없는 자만심을 완전히 무너트려야 합니다. 그래야 두 번 다시 우리 대한에 대해 삿된 생각을 갖지 못합니다. 그렇게 심중까지 굴복시켜야만 왜란에 대한 책임을 물었다 할 수 있습니다. 대마도주의 귀순은 저들을 심정적으로 굴복시키는 시작점입니다."

백동수가 적극 동조했다.

"공략하기도 전에 심리전부터 이기고 들어가겠습니다."

"그렇게 하세요."

"밀사 파견에 맞춰 우리 군도 나름의 준비를 해 놓겠습니다."

개혁군주

"그래 주세요. 우리 밀사가 대마도주 설득에 실패할 수도 있어요. 그러면 지체 없이 군이 나서서 정리해 주세요."

황제가 말한 정리가 무슨 의미인지 누구보다 백동수가 잘 알고 있었다. 그랬기에 대답하는 백동수의 표정은 결의로 가득했다.

"예, 폐하."

❁

대마도의 소오 도주는 오늘도 항구가 내려다보이는 시미즈산성(淸水山城)에 올랐다. 대마도주의 거성(居城)은 이즈하라 항구 뒤쪽에 자리해 있었다.

거성은 가네이시성(金石城)으로, 평지에 세워져 있으며 이 산성과 접해 있다. 그래서 도민들의 눈에 띄지 않고 산에 오를 수 있었다.

바다를 내려다보던 도주가 입을 열었다.

"숙노가 지금쯤 에도에 도착했겠구나."

도주의 측근 사무라이가 걱정했다.

"제발 아무 일도 없었으면 좋겠습니다."

막부의 전봉 결정 통지를 받은 소오 도주는 고심을 거듭했다.

그러던 도주는 전봉 결정을 취소해 달라는 장문의 상소문을 작성했다. 그리고 숙노로 하여금 에도막부에 전달하게 했다.

본래는 자신이 직접 가고 싶었다. 그러나 막부 허가를 받지 않고 영지를 비울 수 없다는 제한이 그의 발목을 잡았다.

에도막부는 다이묘를 철저하게 경계했다.

다이묘의 정실과 후계자를 반드시 에도에 머물게 했다. 일종의 인질이었다. 그뿐이 아니라 참근교대(參勤交代)를 만들어, 다이묘들을 2년에 1년은 에도에서 쇼군을 호위하게 했다.

그런데 대마도는 거리도 멀지만 거친 물살의 현해탄(玄海灘)을 건너야 했다. 그래서 특혜로 3년에 1년만 에도에서 지내게 했다.

소오 도주는 숙노를 보내고 시간만 나면 산성으로 올라왔다. 그는 막부가 상소를 받아들이지 않을 때를 대비한 방안을 수없이 고심했다.

그러나 뚜렷한 해결책이 없었다.

아무리 가문이 도자마 다이묘여도 막부 결정에 반발할 수는 없었다. 더구나 막부가 자신의 가문을 도와주기 위한 결정한 것이라는 점이 더 문제였다.

"후! 정말 답답하구나. 차라리 문제가 있는 명령이라면 주변의 도움이라도 받는데, 이건 그러지도 못하고."

이때, 측근 사무라이가 바다를 가리켰다.

"주군! 저기 수평선을 보십시오. 이양선입니다."

소오 도주가 놀라 수평선을 바라봤다.

"아니, 저건 양이들의 배잖아. 그런데 지금 이리로 다가오고 있는 거 아냐?"

잠시 바라보던 가주가 지시했다.

"이양선이 이리로 올지도 모른다. 그러니 만일에 대비해 해안가에 병력을 배치하라!"

"예, 주군."

다행히 범선은 대마도에 가까이 근접했으나 비켜 지나갔다. 그 바람에 소오 도주는 가슴을 쓸어내리며 안도했다.

이날 밤.

대마도 부속의 우니 섬(海栗島)은 부산과 가장 가깝다. 무인도인 그 섬으로 배가 접근해서는 대기하고 있던 사무라이와 접선했다.

그리고 다음 날 새벽.

"주군."

밤새 잠을 뒤척이던 소오 도주는 새벽이 되어서야 겨우 잠이 들었다. 그런 도주의 아침잠을 측근 사무라이가 깨웠다.

놀라 일어난 도주가 짜증을 냈다.

"무슨 일이기에 이른 아침부터 나를 찾은 것이냐? 바쁜 일이 아니면 이따가 다시 오너라."

"주군께 섬의 미래에 대해 긴밀히 아뢸 말이 있사옵니다."

도주가 벌떡 일어났다.

"들어오라."

사무라이가 두 손을 다다미에 짚었다.

"이른 아침 찾아뵈어 송구합니다."

"괜찮다. 그보다 무슨 할 말이 있는 것이냐?"

사무라이가 조심스럽게 입을 열었다.

"소인이 초량에 있을 무렵 한국 상인들과 교류가 많았사옵니다. 그런 상인 중 하나가 며칠 전, 고기잡이 나갔던 도민을 통해 연락을 해 왔습니다. 저를 만나고 싶다고요."

"그래? 그런 보고를 왜 이제야 하는 거지?"

"솔직히 무슨 말을 할지 몰라서 그랬사옵니다. 그래서 고심을 하다, 아무래도 만나 보는 게 좋다는 생각이 들어 전날 우니 섬에서 만나 봤사옵니다."

사무라이가 품속에서 서신을 꺼냈다.

"이게 무엇이지?"

"한국에서 대일 외교를 담당하는 내각 관리가 주군께 보내는 밀서이옵니다."

도주가 급히 서신을 개봉했다.

도주는 두 번이나 정독하고는 한동안 말을 하지 않았다.

"……서신의 내용을 알고 있느냐?"

"읽어 보지는 않았사옵니다. 그러나 만난 자의 말로는 주군을 은밀히 만나고 싶다는 내용이라고 했습니다."

"다른 내용은 모르고?"

개혁군주

"그러하옵니다."

도주의 고심은 깊어졌다.

사무라이는 도주가 지시를 내릴 때까지 기다렸으며, 그렇게 얼마의 시간이 지났을 때였다.

"좋다. 한번 만나 보자. 이 서신에 따르면 내일 오후 우니 섬 앞으로 배를 보내겠다고 했다. 너는 지금 나가 호위로 데리고 갈 아시가루 열 명을 미리 선발해 놓도록 하라."

"예, 주군."

"이 일은 절대 비밀을 지켜야 한다."

"조금도 걱정 마십시오."

사무라이가 나가자 도주는 다시 서신을 폈다. 그리고 내용 중에 대마도의 미래라는 글에 시선을 고정하고는 생각에 빠져들었다.

이날 오전.

대마도주가 측근 사무라이와 열 명의 아시가루를 대동하고 거성을 나섰다. 겨울에 대비한 도내 순찰은 왕왕 있어 온 일이었기에 누구도 이상하게 생각하지 않았다.

저녁 무렵.

우니 섬이 보이는 마을에 도착한 도주는 촌장의 집에서 하룻밤을 머물렀다. 그리고 다음 날 마을에서 가장 큰 배를 타고 바다를 나갔다.

우니 섬은 무인도지만 규모가 있다.

그 섬을 돌아가자 배가 보였다.

그 배는 대마도 사람들도 잘 알고 있는 판옥선이었다. 그런데 기존 판옥선과 달리 돛도 많고 형태도 조금 이상했다.

그러나 도주는 의심하지 않았다.

"우리 배를 저 배에 가까이 대라."

선원과 아시가루들이 잠깐 술렁였다. 그러나 누구도 도주의 명령에 이의를 제기하지 않았다.

배가 다가가니 판옥선의 옆구리가 열리고는 나무 사다리가 내려왔다. 도주와 일행이 사다리를 통해 갑판에 올랐다.

갑판에는 몇 사람이 대기하고 있었다. 그 중 한 명이 앞으로 나와서 자신을 소개했다.

"어서 오십시오. 나는 대한제국 외무성 일본과장 정원용이라고 합니다."

도주도 자신을 소개했다.

"반갑습니다. 본관은 대마도주 소오 요시카타라고 합니다."

"배를 돌려야 하는데, 갑판에 서 있으면 넘어질 우려가 있습니다. 그러니 안으로 들어가서 기다리시지요."

"고맙습니다."

정원용이 소오 도주를 선실로 안내했다.

이어서 배가 방향을 틀고는 부산 방면으로 항해했다. 대마도와 부산은 50킬로미터가 채 안 되어, 항해한 지 얼마 되지 않아 본토 해안이 선명히 보였다.

정원용이 먼저 입을 열었다.

"본국과 대마도가 지척입니다. 올 때도 얼마 걸리지 않았는데, 갈 때는 바람을 받아 속도가 더 나는 거 같습니다."

도주도 동의했다.

"맞는 말씀입니다. 대마도에서는 날이 맑으면 동래 일대가 손잡을 듯 가까이 보이지요."

"그렇군요. 그런데 도주께서 많이 젊어 보이시는데, 실례지만 올해 어떻게 되시는지요?"

"올해 열일곱이고, 즉위한 지 6년 되었습니다."

정원용이 깜짝 놀랐다.

"생각보다 젊으시군요. 어쩐지 어려 보인다고 했습니다."

"선친께서 일찍 돌아가시는 바람에 제가 어린 나이에 가독을 잇게 되었습니다."

"안타깝군요. 도주께서는 우리나라에 대해 어느 정도나 알고 계시는지요?"

"왜 그걸 물으시는지요?"

"얼마나 아시는지 알아야 제가 설명을 제대로 해 드릴 수 있을 거 같아서입니다."

도주가 자신이 아는 바를 설명했다.

설명을 들은 정원용이 고개를 끄덕였다.

"역시 우리가 보유한 기술력에 대해서는 잘 모르시는군요."

"기술력을 모른다고요?"

"그렇습니다. 백문이 불여일견이라고, 그 부분은 잠시 후에 직접 보시면 되고요. 우리가 파악한 바로는 막부에서 귀가문에 전봉 조치를 내렸다고 하던데, 받아들이실 겁니까?"

도주가 크게 놀랐다.

"아니! 그 사실을 어떻게 아십니까?"

"우리 대한제국은 나가사키에 무역관과 영사관이 있습니다. 그곳을 통해 일본 내부의 많은 정보를 수집해 오고 있고요. 대마도의 전봉 조치는 열도에 이미 소문이 많이 나 있습니다."

도주의 안색이 심각해졌다. 전봉 소문이 많이 나 있다면 막부가 결정을 번복하기가 더 어려워지기 때문이다.

도주의 모습을 본 정원용은 상황을 어렵지 않게 짐작했다.

"전봉에 반대하시는군요."

도주가 한숨을 내쉬었다.

"후! 우리 상황을 알고 계시는데 무엇을 숨기겠습니까. 맞습니다. 전봉 결정을 거둬 달라는 상소를 숙노를 통해 막부에 전달한 상황입니다. 그런데 귀국이 알 정도로 소문이 났으니……."

도주가 말을 맺지 못했다.

청원용이 도주를 위로했다.

"상황을 먼저 알아보시지 그랬습니까? 그랬다면 막부의

명을 거스르는 상소는 올리지 않았을 것인데요."

도주가 고개를 저었다.

"이미 끝난 일입니다. 이제 와서 아쉬워해 봐야 올린 상소문을 되돌릴 수는 없습니다."

"큰일이군요. 우리가 파악한 정보로는 막부의 사정이 도주에게 결코 유리하게 흘러갈 거 같지가 않던데요."

소오 도주의 표정이 굳어졌다.

"내가 모르는 정보를 알고 계시는 겁니까?"

정원용이 일부러 말을 잘랐다.

"죄송합니다. 이 이상은 알려 드릴 수가 없군요. 그러지 않으면 상대의 신상이 노출될 가능성이 너무 높아서요."

대마도주가 아쉬운 표정을 지었다.

그러던 도주는 이내 생각을 정리하고는 확인했다.

"우리 대마도의 미래를 위해 꼭 만나야 한다는 말을 들었습니다. 그게 무엇인지 알려 주시지요."

정원용이 양해를 구했다.

"우선은 제가 준비한 것부터 보고 말씀을 이어 나가시지요. 그래야 제 말의 진정성을 도주께서 인정하게 될 겁니다. 그러니 잠시 기다려 주시면 고맙겠습니다."

정원용의 최대한 정중히 요청했다.

그런 모습에 대마도주도 채근하지 못했다.

"알겠습니다."

잠시 한담이 오갔다. 그러나 각자가 갖고 있는 생각이 많아 대화는 자주 중단되었다.

그러다 배가 부산으로 접어들었다.

도주를 호종한 사무라이가 크게 놀랐다.

"아니, 이게 정녕 부산포가 맞습니까?"

정원용이 웃으며 대답했다.

"당연히 부산이지요. 무사가 초량에 있을 때보다 많이 변했지요?"

사무라이의 목소리가 격해졌다.

"변하다 뿐입니까? 불과 몇 년 만에 저렇게 넓고 좋은 항구가 생겼을 줄이야. 이건 거의 상전벽해입니다. 주군, 저기를 보십시오. 우리가 몇 년 전까지 사용하던 왜관이 그대로 있습니다."

도주도 부산은 처음이었다.

그래서 호기심 가득한 표정으로 사무라이의 손끝을 바라봤다. 그곳에는 과연 일본식 건물들이 줄지어 늘어선 모습이 보였다.

"그렇구나. 우리 건물이 저기 있어."

"예. 그런데 그 아래를 보십시오. 이전에는 작은 포구만 있던 곳에 엄청난 규모의 항구가 들어서 있습니다."

"으음!"

"이야! 무엇으로 만들었기에 부두가 저렇게 반듯합니까?

또 넓이는 왜 저렇게 넓은 것이고요. 그런데 항구 앞에 처음 보는 기계가 세워져 있네요. 저 거대한 기물은 무엇입니까?"

사무라이는 한 번에 몇 개의 질문을 쏟아 냈다.

정원용은 웃으며 그의 질문에 하나하나 대답했다.

도주도 정신이 없었다.

"저 물건이 화물을 들어 올리는 기계라고요?"

"그렇습니다. 도주께서는 증기기관을 아십니까?"

소오 도주가 얼굴을 붉혔다.

"모릅니다."

"거중기를 알려면 먼저 증기기관부터 알아야 합니다. 그러니 직접 내려서 기계를 살펴보면서 설명을 드리지요."

이러는 동안 배가 접안했다.

도주가 하선하면서부터 정원용의 설명이 시작되었다. 도주는 정원용의 설명을 들으면서 몇 번이나 놀라고 감탄했다.

그러다 기차를 봤을 때는 경악했다. 설명을 듣는 동안 도주가 입을 딱 벌리고 아무 말을 못 했다.

"놀랍군요. 참으로 놀랍습니다."

"오르시지요."

기차를 탄 도주는 철교를 보며 또다시 놀랐다. 정원용은 도주 일행을 통영으로 데리고 갔다.

"아아!"

통영에는 범선이 항구를 가득 메우고 있었다. 그리고 항구 주변에는 거대한 병영도 조성되고 있었다.

도주는 순간적으로 이마에 땀이 배고 등골이 서늘해졌다. 갑자기 머릿속을 무언가가 떠올랐기 때문이다.

그가 불안한 눈으로 질문했다.

"이, 이게 전부 무엇입니까?"

정원용이 침착하게 안내했다.

"우선 막사로 들어가시지요."

도주는 불안해하며 막사로 들어갔다.

막사 안은 단출하게 탁자와 의자만 놓여 있어서 정원용이 도주와 마주 앉았다.

"도주께서는 과거 일본이 우리나라를 선전포고도 없이 침략한 사실을 아시나요?"

도주의 입에서 절망의 탄식이 터졌다.

"아아! 역시 그것이군요."

"예. 우리 대한제국은 이번에 왜란의 책임을 일본에 물으려고 합니다."

도주도 사무라이도 아무 말을 못 했다.

그렇게 한동안 침묵하던 도주가 겨우 입을 열었다.

"저에게 왜 이런 것들을 보여 주는 겁니까?"

"우리는 곧 거병할 겁니다. 그 전에 도주에게 단 한 번 선택의 기회를 주려고 합니다."

"무슨 선택이지요?"

"멸문이냐, 아니면 귀순이냐입니다."

도주의 눈이 더없이 커졌다. 그로서는 두 가지 중 어느 하나도 쉽게 결정할 사안이 아니었다.

고심하던 도주가 겨우 입을 열었다.

"다른 다이묘들에도 이런 기회를 줍니까?"

정원용이 고개를 저었다.

"아닙니다. 도주에게만 제공하는 특전이지요."

"왜? 제게만 특전을 주는 겁니까?"

"대마도여서요."

"예? 대마도여서라니요?"

"그래요. 대마도는 오래전부터 우리와 많은 은원 관계를 맺어 왔지요. 우리 황제 폐하께서는 그런 대마도를 강점하기보다 한 번의 기회를 주라고 하셨습니다. 귀순할 수 있는 기회를요."

"……."

"과거 임진왜란 당시 일본군의 중간 기지 역할을 한 곳이 대마도라고 하더군요."

도주가 바로 알아들었다.

"그때처럼 우리 대마도를 중간 기지로 만들려는 것이군요."

"그렇습니다."

정원용이 함대를 손으로 가리켰다.

"우리 수군은 이번 공략에 저 함대보다 몇 배의 전력을 동원하려고 하지요. 그러기 위해서는 함대를 집결시킬 장소가 필요하고요."

도주는 다시 침묵했다.

정원용이 잠시 기다렸다 말을 이었다.

"우리는 청국의 백만 대군을 두 번이나 격멸할 정도의 군사력을 보유하고 있습니다. 그럼에도 자만하지 않고 오래전부터 일본 공략을 차근차근 준비해 왔지요."

도주의 안색이 더 죽어 갔다.

"그러니 일본에는 승산이 전혀 없어요. 생각해 보세요. 철저하게 준비된 10만, 20만 대군이 일본을 공략하면 어떻게 되는지요."

"······."

"혹시 과거처럼 신풍이 불기를 기원할 거라면 애당초 미련을 버리세요. 저 배는 태풍에도 끄떡없는 규모입니다. 그리고 돛이 많아 현해탄 정도는 반나절이면 넘을 수 있습니다."

정원용의 협박성 발언에 도주의 안색은 완전히 창백해졌다.

도주는 고심에 고심을 거듭했으나, 결과는 이미 나와 있었다.

"귀순을 거부하면 본토 공략이 성공하든 못하든 우리 섬은 초토화되겠군요."

정원용이 딱 잘랐다.

"일본 공략에 임하는 우리의 방침은 하나입니다. 반항하면 멸절, 항복하면 포용이지요."

도주의 목소리가 심하게 떨렸다.

"멸절(滅絕)이요?"

"그렇습니다."

정원용이 자리에서 일어났다.

"생각할 시간이 필요할 겁니다. 잠시 자리를 비워 줄 터이니 잘 생각해 보세요."

정원용이 나가고 방에는 도주와 사무라이만 남게 되었다.

이미 대한제국에 포섭된 사무라이가 도주에게 간청했다.

"주군, 이건 위기가 아니라 기회입니다."

"기회?"

"생각해 보십시오. 만일 대한제국이 우리에 대한 배려도 없이 공격했다면 어떻게 되었겠습니까? 우리 대마도는 영토를 지키기 위해 결사 항전했을 겁니다. 그렇게 되었다면 우리는 살아남기 어려웠을 겁니다."

"……."

"그런데 주군께 기회를 주었습니다. 소인은 그것만 해도 더없는 배려라고 생각하옵니다. 하오니 저들의 제안을 절대 저버리지 마십시오."

아무리 도주라고 해도 열일곱 살에 불과했다. 경륜이 부족한 도주에게 어쩌면 선택은 정해진 것이나 다름없었다.

"거절하면 돌아가기 어렵겠지?"

"솔직히 장담하기 어렵사옵니다. 풀어 준다고 해도 전쟁이 끝난 후가 될 것으로 보입니다."

"후! 나라도 그렇게 하겠지. 그런데 귀화하면 영지는 어떻게 되고, 내 지위는 유지해 줄까?"

"강제로 몰수하지는 않을 것을 보입니다. 그런 계획이었다면 애초부터 도주께 이런 제안을 하지도 않았겠지요."

"그래도 이상하단 말이야. 아무리 우리가 한국과 가깝다고 해도 유난히 나를 대우해 주는 것 같다는 생각이 들어."

"혹시 선전효과를 노리는 것은 아닐는지요?"

도주의 눈이 빛났다.

"맞아. 그럴 가능성이 다분하다. 우리 가문이 항복해서 잘되는 것이 다른 다이묘들에게 알려지면 그보다 좋은 효과는 없을 테니 말이야."

"대한제국으로서도 최선이겠지요. 전국의 유력 다이묘들이 항전보다 항복을 많이 선택한다면 그만큼 열도 공략은 쉬워질 테니까요."

"맞는 말이야."

사무라이가 진심을 담아 조언했다.

"우리 가문의 초대 가주께서는 본래 도요토미를 지지했었습니다. 그러다 결정적 순간에 절연하고 초대 쇼군께 충성을 맹세했습니다. 지금도 넓게 보면 비슷한 상황입니다. 에도막부에 충성하든 대한제국에 충성하든, 주군께서는 가문과 대마도의 안위를 우선으로 생각하십시오. 우리에게는 일본이나 대한제국이나 마찬가지입니다."

이 조언이 결정적이었다.

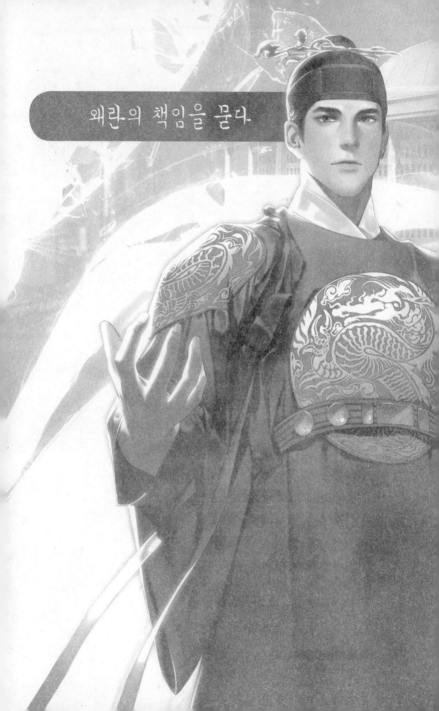

왜란의 책임을 묻다

소오 도주가 크게 고개를 끄덕였다.

"네 말이 맞다. 기왕 귀화할 거라면 최대한 공을 세우는 게 좋겠다. 그래야 나와 우리 가문에 도움이 되지 않겠느냐?"

"현명한 결정이십니다. 저는 잠시 나가 방금 그 사람을 만나고 오겠습니다."

"그렇게 하라."

사무라이가 나가 정원용을 만났다.

정원용은 사무라이의 말에 놀랐다.

"소오 도주가 그런 결정을 했다고요?"

"그렇습니다. 그게 가문이나 도민을 위해 최선이니까요. 그리고 저도 그렇게 하는 게 최선이라고 거듭 간청드렸고요."

정원용이 웃었다.

"잘하셨습니다. 이번에 세운 공은 반드시 크게 포상할 겁니다."

사무라이의 안색이 환해졌다.

"감사합니다."

정원용이 일어났다.

"자! 갑시다. 소오 도주에게 직접 확인해 봐야겠네요."

"그렇게 하시지요."

다시 막사로 들어간 정원용은 소오 도주의 의사를 확인했다. 그리고 그의 결정을 치하하고는 소오 도주와 일행을 요양으로 데리고 갔다.

소오 도주는 하루 동안 기차를 탔다. 그러면서 기차에서 음식도 먹고 잠도 자는 상황이 너무도 신기했다.

그런 소오는 요양의 자금성을 보는 순간 그 위용과 규모에 가슴이 꽉 막혔다. 가뜩이나 대한제국의 발전상에 놀라 있던 그는 주눅마저 들었다.

정원용은 그런 소오를 외무성으로 데리고 가 관복을 갈아입히고서 입성했다.

접견실에는 상선이 나와 있었다.

정원용이 먼저 인사했다.

"오랜만에 뵙습니다, 상선 영감."

두 사람은 황제가 세자일 때부터 친분이 많았다. 그래서 상선도 환하게 웃으며 답례했다.

"어서 오세요. 그런데 이분은 누구시지요?"

"대마도주로, 폐하께 귀화 인사를 드리러 왔습니다."

"오! 그거 아주 잘되었군요. 잠시 기다리세요."

상선이 급히 접견실로 들어갔다.

"폐하, 외무성 정원용 과장이 대마도주와 함께 입시했사옵니다."

황제는 이미 보고를 받았다. 그래서 대마도주가 왔다는 말을 들었음에도 조금도 놀라지 않았다.

"들라 하라."

상선이 두 사람을 데리고 왔다.

정원용이 인사를 하고는 소오 도주를 소개했다.

"폐하! 대마도의 도주입니다."

소오가 바짝 긴장한 목소리로 자신을 소개했다.

"처음 뵙겠습니다. 대마도의 13대 도주이며 소오 가문의 33대 당주인 소오 요시카타가 천하의 주인이신 대한제국 황제 폐하께 인사드리옵니다."

소오가 그 자리에서 네 번 절을 했다. 절을 마친 소오 도주가 무릎을 꿇었다.

"도주는 그만 일어나라."

"황감하옵니다."

소오 도주가 일어나 몸을 숙였다.

그 모습을 바라보던 황제가 한 번 더 확인했다.

"본국에 귀화하기로 결정한 것이냐?"

"그렇사옵니다. 소인과 대마국인 모두는 앞으로 대한제국의 신민으로 충성을 다할 것이옵니다."

"대마국인?"

정원용이 설명했다.

"일본은 아직도 율령 제도에 따라 전국을 국으로 나눠 부르고 있사옵니다."

"그렇구나."

황제가 소오 도주를 지그시 바라봤다. 그 눈길을 받은 도주는 자신도 모르게 잘게 몸을 떨었다.

"짐은 도주의 귀화를 윤허한다. 아울러 대마도의 주민들도 본국의 신민으로 받아들이겠다."

"황감하옵니다."

황제가 용상에서 일어났다. 그리고 어전회의가 열리는 회의용 탁자로 갔다.

"이리로 와서 앉아라."

소오 도주는 크게 당황했다.

에도막부는 쇼군을 알현할 때 다이묘라고 해도 가까이 가는 것조차 허락되지 않았다. 그런데 대한제국은 놀랍게도 황제가 같은 탁자에 앉으라고 권한 것이다.

정원용이 설명했다.

"우리 제국에서는 폐하의 윤허가 있으면 탁자에 마주 앉을 수 있습니다. 그러니 걱정하지 말고 가서 앉으세요."

"……알겠습니다."

소오 도주가 조심스럽게 의자에 앉았다.

황제는 작고 왜소한 몸집의 도주가 안쓰럽기까지 했다.

"올해 몇이라고 했느냐?"

"열일곱이옵니다."

"결혼은 했고?"

"예, 폐하."

황제가 약속했다.

"귀화를 결정한 만큼 그에 합당한 예우는 해 줄 것이다. 그러니 조금도 걱정하지 말고 우리의 일본 공략에 적극 협조하기 바란다."

소오 도주가 조심스럽게 질문했다.

"하오면 지금처럼 우리 가문이 대마도를 다스리게 되는 것이옵니까?"

"그렇게 될 것이다. 그러나 과거처럼 전권을 휘두를 수는 없다."

정원용이 부언했다.

"우리나라는 일본처럼 봉건국가가 아닙니다. 그래서 지금처럼 도주가 영지에서 무소불위의 권력을 휘두를 수는 없어요."

소오 도주가 불안해했다.

"그러면 어떻게 영지를 관리됩니까?"

"본국은 관리의 권한이 분리되어 있지요."

정원용이 간략하게 설명했다.

"……그렇게 관리될 겁니다."

소오 도주가 우려했다.

"대마도는 산지가 대부분이고 땅이 척박합니다. 그래서 이전부터 독자생존을 못 해 막부에서 많은 배려를 해 주어서 살아남을 수 있었습니다."

"우리도 대마도의 사정을 잘 알고 있으니 걱정하지 않아도 됩니다."

정원용이 작위 제도를 설명했다.

"……귀화한 도주께서는 작위를 받게 될 겁니다. 그러니 품위를 유지하고 사는 데에는 하등 문제가 없을 겁니다."

"가신들은 해산해야겠군요."

"도주의 가신들은 관리 교육을 받아야 합니다. 그러고 나서 지금의 지위와 비슷한 직위를 부여받을 것이고요. 그리고 도주께서 이번 전쟁에 최선을 다해 도움을 주겠다는 말을 들었습니다."

"예. 그럴 각오이기는 합니다."

"누구나 인정할 만한 공을 세우세요. 그러면 도주의 작위는 지금보다 더 올라갈 것입니다. 가문도 따라서 귀해질 것이고요."

개혁군주

황제가 나섰다.

"대마도는 특수한 경우다. 그래서 어떤 작위를 받는다고 해도 특별히 도주의 지위는 유지해 주마."

도주가 반색했다.

"아! 그렇게 해 주시겠습니까?"

"그래. 나라의 법이 있어 이전처럼 군림하지는 못할 거다. 그러나 도민들이 존경할 수 있는 토대는 충분히 마련될 것이다."

소오 도주가 몸을 숙였다.

"황감하옵니다. 어차피 귀화하려고 맹세한 소인을 위해 이렇게 배려해 주실 줄은 몰랐사옵니다."

"아니다. 짐은 도주가 이번 정벌에서 큰 공을 세우길 바란다. 그래서 앞으로 귀화할 열도의 다이묘들의 귀감이 되어라. 그러면 너와 너의 가문은 세세토록 영광을 누리게 될 것이다."

소오 도주가 다짐했다.

"소인, 충심을 다해 폐하의 기대에 부응하겠사옵니다."

"짐은 도주를 믿고 지켜보겠다."

황제는 푸짐한 선물을 하사했다.

황제의 하사품 중에는 대마도에서 가장 필요한 쌀이 무려 1천 석이나 되었다. 소오 도주는 몇 번이고 황은에 감사하며 접견실을 나왔다.

대마도주가 귀화하면서 일본 공략은 한층 탄력을 받기 시작했다. 가장 먼저 소오 도주의 귀환에 맞춰 해병여단이 상륙해 대마도를 장악했다.

소오 도주도 발 빠르게 움직였다.

섬으로 돌아간 도주는 설득이 어려운 강성 가신을 체포했다. 검거 도중 반발도 없지 않았으나 해병대에 의해 모조리 사살되었다.

도주는 해병대가 강성 가신들을 사살까지 할 줄은 몰랐다. 그러나 자신이 결정한 원죄도 있고 해서 아무런 반발을 못했다.

해병대는 남은 사무라이들도 귀화와 거부를 선택하게 했다. 해병대의 강력한 처리를 목격한 사무라이들은 당연히 전부 귀화를 선택했다.

해병대는 이들에게 재교육을 시행했다.

사무라이들은 교육 이후 관리가 된다는 사실에 환호했다. 신분이 보장된 관리가 가문의 가신보다 더 좋은 기회였기 때문이다. 그래서 해병대를 적극 도왔으며, 덕분에 대마도는 순식간에 평정되었다.

멸절과 포용의 첫 결과였다.

대마도를 평정한 해병대는 곧바로 통영의 함대를 불러들였다. 대마도는 본토 방면으로 넓고 큰 만(灣)이 입을 벌리고 있다.

대마도 해안은 리아스식이고 험하다. 그래서 항구를 조성할만한 장소가 별로 없다. 아소만(浅茅湾)으로 불리는 이 만도 사정은 마찬가지였으나, 배를 숨기기에는 최적의 장소였다.

수군 함대가 아소로 집결했다. 이어서 각종 군수물자와 상륙 병력이 속속 대마도로 들어왔다.

이러는 동안 봄이 되었다.

❁

대한제국의 나가사키 무역관은 해가 바뀌면서 거래량을 급격히 줄여 나갔다. 그와 함께 상주 직원들의 숫자도 함께 줄였다.

대한제국과 거래하며 막대한 수익을 남기고 있던 오사카 상인들은 크게 당황했다. 거래량이 줄면서 세수도 당연히 줄어들면서 나가사키 봉행도 무역관을 찾아왔다.

무역관장은 본국이 무역 거래의 방식을 바꾸려 한다고 알렸다. 그러고는 반년만 기다리면 지금 못한 거래를 한꺼번에 할 수 있다며 다독였다.

오사카 상인도 나가사키 봉행도 아쉬웠다. 그러나 거래의 목줄을 쥐고 있는 상대가 기다리라고 하니 달리 방법이 없었다.

그나마 후반기에는 거래 물량을 만회할 수 있다는 말을 위안으로 삼을 정도였다. 오사카 상인들은 잘 부탁한다면서 푸짐한 선물까지 안겨 주면서 돌아갔다.

그렇게 3월이 되었다.

나가사키 영사는 조만영(趙萬永)이다.

조만영이 영사로 부임한 것은 지난 연말로, 외무성의 특명을 받아서였다. 부임한 조만영은 역량을 발휘해 나가사키 무역관의 축소와 철수를 유려하게 관리해 냈다.

그리고 이날.

그가 마지막 업무를 수행하고 있었다. 조만영은 오래전에 준비한 서류를 천천히 정독했다.

그러고는 조심스럽게 봉투에 넣고 봉함한 뒤 영사 직인을 봉투에 찍고서 한숨을 내쉬었다.

"후! 이제 다 되었구나."

조만영이 자리에서 일어났다.

그는 반년여를 근무했던 집무실을 만감이 교차하는 표정으로 둘러봤다. 짧은 기간이지만 그가 맡았던 임무는 더없이 중요했다.

"계획대로 아무 문제 없이 우리 신민들을 무사히 귀국시켜서 다행이다."

그가 봉투를 집어 들었다.

"자! 그럼 나도 홀가분하게 마지막 임무를 수행하러 가자."

조만영이 2층 집무실을 내려왔다. 1층 입구에는 영사관을 호위하던 해병대 병력이 대기하고 있었다.

"퇴거 준비는 모두 끝냈나?"

해병대 상사가 대답했다.

"예, 그렇습니다. 모든 인원이 철수해 배에 승선해 있습니다. 영사관에 남아 있는 인원은 저와 여기 네 명이 전부입니다."

"수고가 많았네."

"가시지요. 제가 직접 영사님을 모시겠습니다."

"고맙네."

밖으로 나가니 마차가 대기하고 있었다.

조만영이 마차에 오르자 해병대 상사가 지시했다.

"너희 넷은 평상시처럼 영사님의 마차를 호위해라. 마차는 내가 직접 몰겠다."

"알겠습니다."

영사관과 봉행소는 멀지 않았다. 10여 분 만에 목적지에 도착하니 해병대원이 문을 열어 주었다.

"어험!"

조만영이 헛기침을 하고서 걸음을 옮겼다. 그런 조만영을 해병대 상사만이 호종해 안으로 들어갔다.

나가사키 봉행이 조만영을 보고 놀랐다.

"아니, 조 영사님 아니십니까? 오늘 어인 일로 방문하셨습니까?"

"미리 기별을 드렸는데 받지 못했습니까?"

"아닙니다. 받았습니다만, 너무 오랜만의 방문을 하셔서 놀랐습니다."

"미안합니다. 그동안 일이 많이 바빴습니다."

"그러시겠지요. 무역관에 상주하던 인원들을 전부 교체하는 일이 쉽지는 않았겠지요. 그런데 왜 인원을 전부 교체하시는 겁니까?"

조만영이 일부러 한숨을 내쉬었다.

"후! 내부적으로 너무 문제가 많았습니다. 제가 부임해서 감사를 해 보니 크고 작은 비리가 하나둘이 아니더군요. 안타깝게도 영사관 직원도 연루된 자가 나왔고요."

대한제국은 나가사키 무역관과 영사관의 철수를 위해 일부러 비리를 저지르게 했다. 크고 작은 비리를 일부러 만들면서 자연스럽게 봉행의 귀에까지 들어가게 했었다.

"그렇군요. 저도 몇 건 들은 적이 있었는데, 그게 문제였군요."

"예. 그래서 이번에 거래 방식을 바꾸면서 직원들도 전부 물갈이하기로 했습니다."

봉행이 안타까운 표정을 지었다.

"쉽지 않은 결정을 하셨네요. 귀국은 부정부패에 아주 엄격하다고 하던데, 큰 문책을 당하겠네요."

조만영이 우울한 표정을 지었다.

"그렇겠지요. 그리고 저까지 소환하는 걸 보니 저도 문책을 비껴 갈 수 없을 거 같네요."

개혁군주

나가사키 봉행이 안타까워했다.

"이런! 영사님께서는 비리를 색출하신 분인데 문책을 하다니요?"

"관리 책임을 묻겠지요."

봉행이 놀랐다.

"아니, 그게 무슨 말씀입니까? 영사님에게 포상은 못 할망정 문책이라니요."

"제가 덕이 없었나 봅니다. 조사해 보니 제가 부임하고부터 비리가 발생했더군요."

"아! 그렇습니까?"

조만영이 고개를 저었다.

"세상살이가 쉬운 일이 없네요."

봉행은 조만영을 몇 번이고 위로했다.

그의 위로를 받던 조만영이 가져간 봉투를 꺼냈다.

"이게 무엇입니까?"

"제 마지막 임무입니다. 이 봉투에는 본국의 외무대신이 귀국의 막부로 보내는 특명서가 들어 있습니다."

"특명서가 무엇입니까?"

조만영이 고개를 저었다.

"저도 내용은 모릅니다. 제가 받았을 때도 봉함되어 있었으니까요. 그래서 제 직인만 찍어서 가져온 것입니다."

"알겠습니다. 귀국 외무성이 보낸 문서는 지금까지 거의 없었는데, 의외로군요. 봉함이 되어 있는 문서를 저도 개봉할 수 없으니, 바로 전령을 불러 보내도록 하겠습니다."

봉행은 조만영처럼 봉함 부분에 자신의 직인을 찍었다. 그러고는 전령을 불러 지급으로 막부에 전달하게 했다.

조만영은 너무도 홀가분했다.

올 때만 해도 봉행이 서류를 개봉할 수 있다는 우려를 했었다. 그래서 억류당할 각오까지 했다. 그런데 다행히 자신도 직인만 찍었다는 말에 봉행도 직인을 찍고는 그대로 막부로 올려보낸 것이다.

조만영이 고마워했다.

"그동안 많은 도움을 주셔서 감사합니다."

"아닙니다. 당연히 할 일을 했을 뿐입니다."

"후임으로 누가 부임할지 모르겠지만 봉행님의 고마움을 꼭 전하겠습니다."

봉행의 입이 귀에 걸렸다.

"말씀만 들어도 감사합니다."

조만영은 몇 번이고 인사하고는 자리에서 일어났다. 그런 조만영을 나가사키 봉행이 정문까지 나와 배웅했다.

"가자!"

해병대 상사가 말을 몰면서 질문했다.

"속도를 올릴까요?"

"아니오. 일부러 천천히 몰도록 하시오."

"일이 잘 풀리셨나 봅니다."

"그렇소이다."

조만영이 간략히 만남을 설명했다.

"참으로 다행입니다. 그러면 이 마차도 가져가지요. 일본인들은 손재주가 좋아서, 우리가 마차를 두고 가면 분해해서 모방할 가능성이 높습니다."

조만영이 흔쾌히 승낙했다.

"시간은 충분하니 그렇게 합시다."

"예. 이랴!"

조만영의 지시대로 마차는 유유히 도심을 가로질렀다. 그렇게 선창에 도착한 마차는 그대로 배에 실려졌다.

❀

열흘 후.

나가사키에서 보내온 서신 한 통으로 에도막부가 뒤집혔다.

쇼군 도쿠가와는 일반 정무는 노중 회의에 맡겨 놓고 거의 보지 않고 있었다. 그런 쇼군이 급히 노중 회의를 주재했다.

"이게 대체 어떻게 된 일이오? 한국이 200년도 더 된 전란의 책임을 묻겠다는 포고문을 보내왔다니요."

금년 들어 노중수석이 된 미즈노 다다아키라(水野忠成)가 나섰다. 그는 7년여간 소바요닌(側用人)으로 쇼군의 절대적인 신임을 받다 노중이 되면서 곧바로 수석이 되었다.

"나가사키 봉행으로부터 한국 나가사키 영사가 보낸 서신이 당도했사옵니다."

미즈노가 쇼군에게 다가가 서신을 바쳤다.

일본에서 암살은 비일비재해, 한때는 가게무샤(影武者)가 영주를 대역할 정도였다. 쇼군은 그래서 노중 회의에 참석해도 별도로 떨어져 앉는다.

쇼군이 급히 서신을 펼쳤다.

"……말도 안 된다. 과거 우리가 조선을 침략한 사실은 맞다. 그러나 그건 당시 관백(關伯)이었던 도요토미 히데요시가 저지른 짓이다. 그 죄를 우리 막부에 묻겠다니."

미즈노가 몸을 숙였다.

"쇼군, 송구하나 그렇지 않습니다. 한국이 봤을 때는 모두가 같은 나라입니다. 막부가 바뀐 것은 우리의 내부 사정일 뿐입니다."

"끄응!"

쇼군도 그런 사정을 모르지 않았다. 그러나 아무 준비도 되어 있지 않은 상황에서 전쟁을 감당할 수는 없었다.

"그래도 전쟁은 막아야 하오. 한국은 분명 절치부심 전쟁을 준비해 왔을 것이오. 그런데 우리는 지금 아무 준비도 되어 있지 않아요. 우선은 나가사키의 한국 영사에게로 전령을 보내 대화를 시도하도록 조치하시오."

미즈노가 안색을 흐리며 대답을 못 했다. 그동안 입속의 혀 같던 그가 대답을 못 하자 쇼군은 이상한 생각이 들었다.

"왜 대답이 없는 거요? 혹시 한국 영사가 돌아가기라도 했단 말이오?"

"전령의 보고에 따르면 출국 인사를 하며 서신을 전했다고 하옵니다."

쾅!

쇼군이 이를 갈았다.

"으득! 철저하게 계획된 행동이었구나. 영사가 출국했다면 무역관도 분명 비워졌겠구나."

"그것까지는 파악하지 못했습니다. 그러나 전령의 보고에 따르면 금년 들어 급격히 인원을 줄여 나간 것은 확실합니다."

다른 노중이 나섰다.

"나가사키의 거래 물량도 연초부터 대폭 감소했었습니다. 그 바람에 세수가 크게 줄어들어 막부 재정 운영에도 차질을 빚고 있는데, 이 또한 저들이 계획한 책략의 일환으로 보입니다."

쇼군이 말을 정정했다.

"정황으로 보면 모르시오? 이건 추측이 아니라 현실이에요, 현실!"

"송구합니다."

쇼군이 탄식했다.

"아아! 이걸 어찌하면 좋단 말인가."

쇼군이 결정을 못 하고 거듭 탄식만 했다.

미즈노가 기다리다 못해 나섰다.

"쇼군, 지금은 상황을 안타까워할 때가 아니옵니다. 한국이 이런 선전포고문을 보냈다는 건 내일이라도 쳐들어오겠다는 말입니다. 지금 즉시 전시동원령부터 선포하셔야 합니다. 그리고 에도의 모든 다이묘를 영지로 내려보내 병력을 모으게 하십시오. 아울러 막부 직할의 모든 병력도 동원해, 어소(御所)와 에도 일대를 경비해야 합니다."

탄식만 하던 쇼군이 정신을 차렸다.

"그 말이 옳다. 지금 즉시 전국에 전시동원령을 선포하라. 그에 따른 후속 절차는 노중수석의 의견을 받아들인다."

"황공하옵니다."

노중수석이 지시했다.

"쇼군의 영이 떨어졌소. 노중들께서는 즉시 막부의 전 인력을 동원해 전시 태세를 구축하시오."

"알겠습니다."

노중 회의는 바로 끝났다.

다이묘의 저택으로 전령이 달려갔다. 그와 동시에 막부 친위병력인 하타모토와 고케닌 1만 7천여 명과 하급 무사인 아시가루 5만 명이 무장을 시작했다.

에도막부는 긴밀히 움직였다. 그러나 평화가 오래 지속된 탓에 불협화음이 곳곳에서 터져 나왔다.

막부는 그 자체가 무사 집단이었기에 그럼에도 신속히 전쟁을 준비했다.

전쟁이 벌어지면 가장 중요한 게 보급이다. 이를 잘 알고 있는 막부는 천령이라고 부르는 직할 영지의 양곡을 오사카와 에도로 긁어모았다.

다이묘들도 신속히 움직였다.

평상시였다면 세월아 네월아 해 가며 에도를 오르내렸다. 그러나 이번에는 상황이 상황인지라 최대한 빠르게 영지로 달려 내려갔다.

❀

열도가 뒤집히던 4월.

에도만으로 10척의 범선이 나타났다.

그동안 서양 범선이 통상을 요구하며 일본을 찾은 적이 몇 번 있었다. 서양 범선이 나타나면 에도 해안은 이내 인파로 가득 찼다.

일본 다이묘들의 일상은 권태로운 나날의 연속이었다.

최고 권력은 막부가 장악하고 있어서 더 이상 욕심을 낼 수가 없었다. 그래서 다이묘들은 자신들의 욕구를 사치와 음주가무로 풀어 댔다. 이런 다이묘를 모시는 사무라이들도 당연히 음주가무에 빠져 있었다.

이들을 위해 에도에는 엄청난 크기의 유곽이 생겨날 정도다. 이런 다이묘들에게 이양선은 모처럼 보는 신기한 구경거리였다.

그래서 이양선이 출몰하면 많은 다이묘가 가신들을 이끌고 바다로 나왔다. 그리고 차양을 치고서 음주가무를 즐기며 범선을 구경했다.

그러나 이번은 달랐다.

이양선은 보통 1~2척이 나타났다. 그런데 이번에는 무려 10척이나 몰려왔다. 이는 누가 봐도 통상을 요구하려고 온 선단이 아니었다.

에도가 발칵 뒤집혔다. 보고를 받은 쇼군도 대경실색했다.

그는 그동안 한 번도 올라가 보지 않은 천수각의 가장 높은 다락으로 올라갔다. 그런 쇼군의 시야에 바다를 가득 메운 10척의 범선이 들어왔다.

"저게 다 무어야? 지금처럼 혼란한 시점에 이양선이 왜 10척이나 나타난 거야."

노중수석이 급히 정정했다.

"쇼군! 저 배는 이양선이 아닙니다."

"아니, 생긴 것은 이양선인데 아니라니? 그럼 어디서 온 배란 말인가?"

"한국의 배가 분명하옵니다."

"한국의 배라고요?"

"예. 제가 알기로 한국은 오래전부터 서양의 선박 기술로 배를 건조해 왔다고 합니다. 그래서 나가사키를 출입하는 한국의 배들은 전부 이양선의 형태라고 합니다."

쇼군의 안색이 크게 변했다.

"으으! 그럼 큰일 아닌가?"

"너무 염려하지 않으셔도 됩니다. 전시동원령이 선포되면서 만일에 대비해 해안포대를 배치해 두었습니다. 그리고 친위병력 2만도 급히 해안가로 출발했으니, 저들이 쉽게 상륙하지 못할 겁니다."

보고를 받은 쇼군의 안색이 조금은 풀렸다.

그러던 쇼군이 고개를 갸웃하며 의문을 가졌다.

"한국의 대포 사거리가 상당하다고 들었다. 혹시 포격이 여기까지 당도하는 건 아니겠지?"

노중수석이 고개를 저었다.

"속단은 금물입니다만 어려울 것입니다. 해안에 우리 포대가 배치되어 있어서 저들이 쉽게 접근을 못 합니다. 더구나 해안에서 여기까지는 5리가 넘게 떨어져 있고요."

"그래도 왠지 걱정이 돼."

"그러시면 내려가셔서 방공호로 대피하시지요."

쇼군이 고개를 저었다.

"아니야. 명색이 쇼군인 내가 그렇게 쉽게 꼬리를 말며 숨을 수는 없다. 사태가 어떻게 전개되는지 여기서 지켜보겠다."

"그렇게 하십시오."

＊

분주한 육지와 달리 바다의 범선은 천천히 육지로 다가갔다. 그런 함대의 중심에 기함이 자리하고 있었으며, 기함의 갑판에는 십여 명의 지휘관들이 나와 있었다.

모든 지휘관이 서 있었으나, 나이 많은 제독 한 사람만 의자에 앉아 있었다. 태평양함대 사령관 오형인이 늙은 제독을 보며 걱정했다.

"제독님, 곧 포격이 시작됩니다. 그러면 갑판이 크게 흔들릴 터인데 그만 선실로 들어가시지요."

늙은 제독이 고개를 저었다.

"아니야. 내가 이날을 보기를 얼마나 염원했는데, 그럴 수는 없어."

이 말을 한 제독은 이인수다.

충무공 이순신의 후손인 그는 수군 창설 초기 지대한 공을 세웠었다. 고토 수복 작전에도 참전해 많은 공을 세웠던 그는 수군을 양성해 열도를 직접 공략하고 싶었다.

그래서 그동안 나이도 잊고 오랫동안 현역에서 근무했었

다. 그러다 자주 병을 얻어 휴직하기도 했으나 발전하는 의술 덕분에 무사하곤 했다.

그러나 세월은 비껴 갈 수 없어서 지난해 지병으로 퇴임해야 했다. 본래라면 벌써 생의 끈을 놓아야 했으나 그는 열도 공략의 염원 때문에 견디고 또 견뎠다.

그러다 일본 공략이 결정되었다는 소식에 황제에게 참전하겠다는 탄원을 했다. 처음 황제는 이인수의 탄원을 귀중한 약재와 함께 돌려보냈다.

그러나 이인수는 마지막 소원이라며 다시 청원을 올렸다. 황제는 이런 이인수의 바람을 끝내 거부하지 못했다.

오형인은 제주 만호 출신이다.

황제가 세자 시절 수군을 재창설할 때 누구보다 먼저 자원했다. 그 뒤로 여러 함대에서 주도적 역할을 하다 태평양함대 사령관이 되었다.

오형인의 꿈도 이인수와 다르지 않았다. 그래서 더 권하지 않고 대신 주변 지휘관들을 불렀다.

"포격이 시작되면 제독님께서 불편하실 거다. 그러니 제독님의 의자가 흔들리지 않도록 지지대를 만들도록 해라."

그의 지시에 곧 몇 명의 준무관이 달려왔다. 그들은 순식간에 이인수가 앉은 의자를 갑판에 고정했다.

"나를 위해 고생이 많다."

준무관이 소리쳤다.

"아닙니다! 우리 수군의 영웅이신 제독님을 위해 무언가를 했다는 사실이 영광입니다!"

"허허! 내가 수군의 영웅이라고 했느냐?"

"물론입니다. 제독님께서는 우리 대한제국 수군 창설을 주도하신 분입니다. 더구나 제독님께서는 북벌이 끝나고 백작의 작위를 받으셨습니다."

"그렇기는 하지."

"그럼에도 제독님께서는 나는 언제나 바다사나이니 백작이 아닌 제독으로 불러 달라고 하셨다는 말을 들었습니다."

이인수의 얼굴에 자부심이 차올랐다.

"물론이다. 충무공 이순신 장군의 후예인 내가 바닷사람인 것은 너무도 당연하다. 그래서 누구라도 나를 제독으로 불러 달라고 했다."

"이번 참전도 자청하셨다는 말을 들었사옵니다."

"맞다. 과거 충무공께서 왜놈의 총탄에 고혼이 되셨다. 그런 충무공의 원혼을 달래 드리기 위해서 이번에 참전한 것이다."

"그래서 저희가 제독님을 우리 수군의 영웅이라 칭하는 것이옵니다. 전체 차려."

몇 명의 준무관이 자세를 바로 했다.

"제독님께 대하여 경례."

"충!"

준무관의 목소리가 주변을 뒤흔들었다.

그 모습을 본 이인수의 눈에 수막이 차올랐다. 그러나 그는 앉은 자세를 바로 하고는 답례를 했다.

"고생했다."

"바로, 모두 위치로!"

"위치로!"

복창을 한 준무관이 자신들 자리로 뛰어갔다.

이인수가 그 모습을 보며 당부했다.

"오 제독, 저들이 우리 수군의 버팀목이야. 저들을 우리 지휘관들이 얼마나 잘 이끌어 가느냐에 따라 수군의 미래가 걸려 있다는 점을 잊지 말게."

오형인 제독이 약속했다.

"어떠한 일이 있더라도 불협화음이 일어나지 않도록 잘 이끌어 나가겠습니다."

"그래, 자네는 유능한 사람이니 잘 해낼 거야."

기함의 함장이 보고했다.

"제독님, 함대가 목표 지점까지 도착했습니다."

"좋아. 전 함대, 포격 대형으로 선회한다."

오형인의 지시에 함대 전체가 선회했다.

누각의 쇼군이 크게 놀랐다.

"아니, 지금 저 거리에서 포격한단 말이야?"

노중수석도 고개를 갸웃했다.

"이상한 일입니다. 저 거리라면 10리는 될 터인데, 어떻게 저기서 선회를 하는지 모르겠습니다."

쇼군이 짐작했다.

"혹시 해안포대를 노리는 건 아닐까?"

"그래도 너무 거리가 멉니다."

"아냐. 선회해서 측면으로 다가올 수도 있잖아."

"아! 맞습니다. 미리 포격을 준비하고서 거리를 맞추려는 거로군요. 이거, 그러면 큰일입니다. 우리 대포의 사거리는 200여 장에 불과합니다. 그런데 한국이 그보다 먼 거리에서 포격하면 우리 해안포대는 속수무책이 됩니다."

"끄응!"

쇼군이 신음을 터트렸으나, 쇼군도 노중수석도 마땅히 대응할 방안이 없었다. 그리고 이들은 태평양함대의 운용을 하나는 예상했지만, 다른 하나는 예상도 못 했다.

이들의 예상대로 선회한 함대는 측면으로 천천히 접근했다. 물의 저항을 받으며 접근하던 함대의 포문이 일제히 열렸다.

함대 참모장이 보고했다.

"제독님, 포격 거리에 도달했습니다."

"잠시 대기! 포격 효과를 극대화하기 위해 해안으로 조금 더 접근한다."

제독의 지시가 떨어지자 기함은 각 함대로 수기신호를 보냈다. 신호를 받은 전함들은 대오를 유지해 가며 천천히 압박해 갔다.

오형인이 망원경으로 쇼군의 성을 살폈다. 그러던 어느 순간, 오형인이 크게 소리쳤다.

"지금부터 포격을 실시한다. 목표는 에도 전체다!"

참모장이 소리쳤다.

"방포하라! 방포하라!"

쾅! 쾅! 쾅! 쾅!

10척이 거의 동시에 포격을 시행했다. 그렇게 발사된 포탄은 일본의 예상을 훌쩍 뛰어넘어 에도성과 그 주변을 집중 타격했다.

꽈꽝! 꽝! 꽝! 와르르!

200여 발의 포탄이 융단을 깔듯 쏟아져 내렸다. 포격은 쇼군의 거성은 물론 조카마치(城下町)를 이루듯 늘어서 있던 다이묘들의 저택을 삽시간에 불바다로 만들었다.

꽈꽝! 꽝! 꽝! 꽈꽝!

쇼군은 경악했다.

"아니, 이게 어떻게 된 일이야? 어떻게 된 것이 포탄이 성을 넘어서까지 날아들 수 있어!"

노중수석이 급히 권했다.

"쇼군! 지금 그것이 중요한 게 아닙니다. 저들의 포격이 여기로 쏟아질 수 있습니다. 하오니 빨리 내려가 대피해야 합니다."

쇼군이 당황해 말까지 더듬었다.

"아, 알았어. 어서, 어서 내려가자."

두 사람이 나는 듯 다락을 뛰어 내려갔다. 그리고 얼마 지나지 않았을 때였다.

꽝! 와르르!

함포가 정확히 에도성의 천수각을 때렸다. 놀랍게도 그 한 방에 천수각의 절반 이상이 무너지면서 대번에 불길에 휩싸였다.

겨우 누각을 내려온 쇼군이 망연자실했다.

"아아! 어떻게 이 거대한 건물이 단 한 발의 포탄에 불바다가 된단 말인가?"

노중수석이 발을 굴렀다.

"쇼군! 지금은 한탄하고 있을 때가 아닙니다. 적의 포탄의 위력이 상상 이상입니다. 허니 몸부터 우선 피하시옵소서."

쇼군이 소리쳤다.

"나는 괜찮다! 그보다 오오쿠(大奧)의 내자들을 안전하게 피신시키도록 하라!"

오오쿠는 에도성의 내전(內殿)으로, 쇼군의 여인들이 거주하는 지역이다. 금남의 구역인 오오쿠는 관리도 여인들이 하였으며, 많을 때는 수천 명이 거주하고 있었다.

노중수석은 난감했다.

"쇼군, 오오쿠는 저희가 들어갈 수 없는 지역입니다."

쇼군이 버럭 소리쳤다.

"지금은 난중이다! 난중에 법도를 따지다간 모조리 죽어 나갈 수 있다. 그러니 나의 특명으로 사무라이들을 데리고 들어가 내자들을 피신시키도록 하라!"

"알겠습니다."

노중수석이 옆에 있던 하타모토에게 지시했다. 지시를 받은 하타모토가 주변의 사무라이들을 불러 모아 내전을 향해 뛰어갔다.

이러는 와중에도 포탄이 쏟아졌다.

일본의 성은 대부분 거대한 석축 기반 위에 조성되어 있다. 그런 성의 주변으로는 이중삼중의 해자(垓字)가 조성되어 있다.

그래서 지상에서 공격해 오는 적에게 성은 난공불락과 같은 위력을 발한다. 반면에 건물은 대부분 목조로 건설되어 있어서 포격에는 취약하다.

대한제국의 포탄은 고폭탄이어서 타격과 동시에 폭발한다. 이런 포탄에 목조건물은 무방비나 다름없으며, 특히 소이탄에는 그저 불쏘시개에 지나지 않는다.

오형인이 포격을 살피다 지시했다.

"전 함대, 소이탄으로 바꿔 포격하라!"

그의 지시가 함대로 전달되었다.

쾅! 쾅! 쾅! 쾅!

소이탄 포격이 시작되면서 에도 전역이 삽시간에 불지옥으로 변해 갔다. 소이탄은 폭발하면 엄청난 폭음과 불길이 하늘로 치솟는다.

이인수는 그런 에도를 바라보고 있었다.

에도는 포격과 함께 검붉은 화염이 치솟으며 불바다가 되어 갔다. 그런 장면을 눈도 깜빡이지 않고 바라봤다.

처음에는 선명하던 풍경이 시간이 지나면서 점차 침잠해졌다. 그러나 그는 고개조차 돌리지 않았다. 마치 모든 장면을 기억에 담아 가려는 듯 그는 전력을 다해 집중했다.

한참을 그렇게 불타는 바라보던 그가 작게 독백했다.

"다행이구나. 드디어 충무공 어른의 한을 조금이나마 풀어 주게 되었어. 이제 올라가서 뵈면 나를 보시고는 수고했다면서 어깨 정도는 두드려 주시겠지?"

그의 입가에 미소가 조금 걸렸다.

불타는 에도를 한없이 바라보던 그의 눈이 조금씩 그리고 천천히 감겼다. 그렇게 천천히 눈이 감기던 어느 순간, 그의 목이 수그러졌다.

그러나 입가의 미소는 그대로였다.

……별이 졌다.

열도 상륙 작전

포격이 시작된 후.

오형인은 에도 방면에서 고개도 돌리지 않고 있었다. 그는 적절한 시기를 봐 가면서 포격 방식을 달리 주문했다.

그의 지시에 따라 포격은 고폭탄에서 소이탄, 그리고 다시 고폭탄으로 바뀌었다. 해안포대는 물론 쇼군의 성과 다이묘의 저택, 그리고 많은 목조건물과 가옥이 불타면서 불바다가 되었다.

전방을 살피던 오형인은 어느 순간 섬뜩한 느낌이 엄습했다. 그가 급히 몸을 돌려 이인수가 있는 곳을 바라봤다.

그런 그가 탄식을 터트렸다.

"아! 제독님."

오형인의 탄식에 놀란 참모장도 급히 뒤를 돌아봤다. 그리고 그 역시 탄식을 터트리며 이인수에게 다가갔다.

오형인이 소리쳤다.

"손대지 마!"

"제독님! 이 제독님께서 이상하십니다."

"알아. 나도 알고 있으니 손대지 마. 제독님께서는 오늘을 보시기 위해 병환이 깊으셨음에도 폐하께 청원까지 드려 가며 참전하신 거야. 그러니 오늘만큼은 그대로 두도록 해."

참모장이 바로 알아들었다.

"알겠습니다. 하지만 이대로 두면 진동에 쓰러지실 수가 있습니다."

오형인이 부관을 불렀다.

"부관은 선실로 가서 얇은 이불을 가져와."

부관이 대번에 알아들었다.

"알겠습니다."

급히 선실로 내려갔던 부관이 이불 대신 얇은 천을 가져왔다. 오형인이 그 천으로 이인수의 몸을 직접 의자에 묶으며 흐느꼈다.

"으흐흑!"

이미 상황을 감지한 갑판의 지휘관들이 오형인과 이인수의 몸을 둘러쌌다. 이인수의 몸을 묶은 오형인이 천으로 그의 몸을 덮었다.

찍!

오형인이 천을 찢어 팔에 감았다. 그것을 본 지휘관들도 하나같이 천을 팔에 두르며 상주임을 자청했다.

오형인이 소리쳤다.

"위대한 영웅이 가셨다. 함대기를 조기로 게양하라!"

통신무관이 달려가 조기를 달았다.

"전체 차려! 제독님께 대하여 경례!"

오형인과 지휘관들이 군례를 올렸다.

"바로!"

오형인이 소리쳤다.

"충무공께서는 임진왜란 당시 마지막 해전에서 전사하셨다. 그분의 후손이신 이인수 제독님께서는 우리의 서전을 보면서 귀천하셨다. 우리 수군은 이 두 분을 위해서라도 이번 열도 공략에 최고의 공훈을 세우도록 하자. 그래서 승리의 영광을 두 영웅께 바치자!"

"예, 알겠습니다."

"각자, 위치로!"

"위치로!"

복창을 한 지휘관들이 자리로 돌아갔다. 그런 지휘관들의 눈에는 이전보다 더 큰 불길을 타올랐다.

기함에 조기가 걸린 곳을 본 휘하 전함들은 의아해했다. 그러다 통신관이 보낸 전문을 확인하고는 일제히 조기를 내걸었다.

이때부터 포격이 더 격렬해졌다.

에도는 인구가 100만에 가까운 대도시다.

일본은 지진 피해를 줄이기 위해 건물을 목조로 짓는다. 에도도 당연히 여기에 해당되어 건물 대부분은 목조다.

목조는 화재에 너무도 취약하다.

그래서 에도막부는 항상 화재 예방에 고심했다. 그러나 1657년 3월 에도에서 대화재가 발생했다.

메이레키 대화재(明曆の大火)로 불리는 이 화재로 에도의 2/3가 불탔다. 인명 피해도 막대해서 무려 11만이 넘는 사상자가 발생했다.

대화재는 또 있었다. 10여 년 전에도 대화재가 발생해 1천여 명이 넘는 사람이 희생되었다.

이렇듯 에도의 건물은 화재에 취약했다. 그런 목조건물에 소이탄을 포함한 포격이 떨어지니 그야말로 속수무책이었다.

건물만 불탄 것이 아니다.

포격으로 수많은 사람이 죽어 나갔다. 전쟁에 대비해 전국에서 긁어모은 엄청난 양의 군수물자도 한순간에 잿더미가 되었다.

이날 저녁.

이인수의 시신이 수습되었다.

개혁군주

태평양함대 전 장병은 모두 갑판으로 올라와 도열했다. 모두가 지켜보는 가운데 이인수의 시신은 정중하게 수습되었다.

수습된 시신은 다른 전함으로 옮겨졌다. 이인수의 시신을 넘겨받은 전함은 대낮같이 불을 밝히고는 천천히 대열에서 이탈했다.

"전체 차려. 이인수 제독님의 마지막 항해를 위해 경례!"

"충!"

시신을 운구하는 전함은 태평양함대의 전함을 차례로 지났다. 전함이 지날 때마다 갑판에 도열한 장병들이 군례를 올렸다.

그렇게 모두의 전송을 받은 전함이 유유히 에도만을 빠져나갔다. 유유히 에도만을 빠져나온 전함은 부산을 향해 전속으로 항해했다.

다음 날도 포격이 이어졌다. 전날 시작된 불길은 하루가 지났음에도 줄어들지 않았다.

이날도 온종일 포격이 진행되면서 불길은 전날보다 더 거세졌다. 에도가 완전히 불길에 완전히 뒤덮은 것을 확인한 오형인은 지시했다.

"함대를 나눈다. 에도만의 주위에는 요코하마를 비롯한 여러 도시가 산재해 있다. 참모장은 일부 함대를 그리로 돌려 포격해라."

"알겠습니다."

이때부터 주변 지역의 포격이 병행되었다. 이 포격으로 애도만 일대가 완전히 불바다가 되었다.

사흘째가 되었다. 이틀 동안 에도와 그 일대를 초토화한 태평양함대는 함대를 나눴다.

오형인은 3척의 전함을 북부로 올려보내 해안 포격을 진행했다. 그러고는 나머지 전함을 이끌고 아래로 내려가면서 포격을 이어 나갔다.

일본은 섬나라답게 해안 도시가 많다.

특히 오사카부터 에도까지는 시즈오카와 나고야를 비롯한 크고 작은 도시들이 산재해 있다. 태평양함대는 중간에 보급을 받아 가며 이런 해안 도시를 모조리 불바다로 만들었다.

이러는 동안 센다이까지 올라가 초토화했던 함대가 다시 합류했다. 오형인 제독은 이들 전함을 다시 분리해 시코쿠 방면을 공략하게 했다.

그렇게 3척을 다시 분리한 본대는 해안 지대를 초토화하며 항해했다. 그러다 오사카만으로 들어가는 입구의 와카야마(和歌山)도 불바다로 만들었다.

쾅! 쾅! 쾅! 쾅!

함대가 오사카만으로 들어갔다.

땅! 땅! 땅! 땅!

그런데 이때.

갑자기 비상종이 선두 전함에서 터져 나왔다.

오형인이 함수로 달려가 망원경을 들었다. 함수에서 전방을 살피던 통신무관이 먼저 보고했다.

"제독님, 전방에 대규모 함대가 포착되었습니다."

참모장이 나섰다.

"일본이 오사카에 함정을 집결시켰었나 봅니다."

"그러게 말이야. 여기까지 항해해 오는 동안 우리를 가로막은 함대가 없어서 의아했는데, 여기에 모여 있었나 보구나."

"저들을 유인해 낼까요?"

오형인이 고개를 저었다.

"그럴 필요 없어. 일본이 보유한 배는 아무리 커 봐야 200톤 미만이야. 무장도 빈약한 그런 배가 아무리 많아 봐야 우리의 상대가 안 돼."

"저들이 죽기 살기로 함께 죽자고 달려들 수도 있지 않겠습니까? 그러면 좁은 만 안에서는 운신이 힘듭니다."

오형인이 고개를 저었다.

"괜찮아. 그런 배가 있다고 해도 소이탄 딱 한 방이면 끝장이야. 그러니 걱정하지 말고 진입하도록 해."

"알겠습니다."

비상종 타종에 잠깐 주춤하던 함대는 천천히 전진했다. 그런 함대의 중간에 자리한 기함이 만으로 들어서자 참모장이 놀랐다.

"제독님, 일본 선박이 의외로 많습니다."

오사카는 일본 열도의 물류 집산지다.

일본의 혼슈와 규슈, 시코쿠의 세 섬 사이에는 좁고 긴 바다가 펼쳐져 있다. 일본은 세토내해(瀨戶內海)로 불리는 이 바다를 이용한 해상운송이 크게 발달해 있었다.

세토내해의 끝에 오사카가 있다.

오사카는 이런 지리적 이점으로 열도 상업의 중심이 되었다. 대한제국이 선전포고를 하자 일본은 세토내해를 운행하던 배를 오사카로 집결시켜 왔다.

일본은 에도의 포격을 예상도 못 했다.

대한제국의 위치로 봤을 때 일본은 혼슈 남부로의 상륙을 예상했었다. 그래서 오사카로 집결시켰는데, 이런 배를 활용도 못 해 보고 당했다.

그러다 태평양함대가 해안 지역을 초토화하며 오사카로 내려온다는 소식을 접했다. 그 소식을 접한 일본은 절치부심 결전을 준비했다.

오형인은 전면에 펼쳐진 광경에 놀랐다.

"이야! 이거 대단하구나. 도대체 몇 척이나 되는 거야?"

참모장이 대강 훑어보며 보고했다.

"못해도 천여 척은 되는 것 같습니다."

"그런데 무슨 생각으로 이런 식으로 집결해 놓은 거지? 배가 많으면 물량으로 밀어붙일 수 있다는 생각을 한 거야, 뭐야?"

"아마도 그런 거 같습니다. 집결한 선박을 살펴보십시오. 함포가 장착된 경우가 거의 없습니다."

오형인은 어이가 없었다.

"하하! 이거 참, 죽으려고 몰려 있는 것도 아니고. 무장도 없이 뭐 하자는 건지."

에도막부는 다이묘를 억압하기 위해 여러 정책을 펼쳐 왔다. 그런 정책 중 하나가 대선건조금지령(大船建造禁止令)이다.

이에 따라 500석 이상의 쌀을 선적할 수 있는 선박 건조가 금지되었다. 그리고 다이묘들의 수군 운용도 철저하게 제한받았다.

그로 인해 세키부네(関船)도 귀한 대접을 받는 처지가 되었다. 세키부네는 100톤 미만으로, 이조차도 다이묘들이 과시용으로 사용되었다.

다이묘의 세키부네는 대개 2층으로 상부가 높고 화려했다. 그 바람에 다른 선박보다 유난히 눈에 띄었다, 마치 표적처럼.

태평양함대의 전함은 2천 톤급이다. 그런 전함을 타고 있는 오형인이기에, 몰려 있는 일본 배들을 보고는 혀를 찰 수밖에 없었다.

오형인이 소리쳤다.

"긴장의 끈을 놓지 마라! 적의 무장이 아무리 하찮다고 해도 천여 척이면 대단한 규모다. 그러니 정신 바짝 차리고 전투에 임하도록 하라!"

참모장이 건의했다.

"제독님, 소이탄으로 먼저 포격하지요?"

"좋아. 기선 제압을 위해서라도 그게 좋겠다."

기함의 후미에서 즉각 깃발이 올라갔다. 그것을 본 함대가 소이탄을 즉시 장착했다.

오사카만과 세토내해는 아와지섬을 경계로 나뉜다. 이런 오사카만의 형태는 타원형으로, 길이가 30여 킬로미터나 될 정도로 넓다.

태평양함대는 만으로 들어가서 포격 대형으로 변환했다. 그리고 천천히 전진하며 일본 선박들을 압박해 들어갔다.

어느 순간, 오형인이 소리쳤다.

"함대! 포격을 시작하라!"

쾅! 쾅! 쾅! 쾅!

기함을 시작으로 함대의 포격이 시작되었다.

대한제국 전함은 한쪽 측면에 20문 정도의 함포를 장착한다. 유럽의 선박들에 비해 함포의 숫자는 상대적으로 작다.

하지만 함포의 위력이 유럽에 비해 월등하다. 그래서 구태여 대량으로 장착할 필요성을 느끼지 못한 것이다.

참모장의 예상대로 소이탄은 처음부터 엄청난 위력을 발했다.

7척에서 쏘아 댄 소이탄은 140발이다.

소이탄이 정확히 때리면 배를 그대로 불덩이로 만들었다. 바다로 떨어진 포탄도 수면과 접촉하면 폭발해 불길이 치솟았다. 치솟은 불길은 이내 주변 선박으로 옮겨붙으며 화재를 일으켰다.

일방적인 해전이었다.

천여 척의 함정에는 수만 명의 일본군이 승선해 있었다. 이들은 과거처럼 대한제국 전함에 접근해서, 줄을 걸고 넘어가 백병전을 벌일 계획이었다.

물론 이 계획은 애초부터 불가능했다.

태평양함대의 함포 사거리는 10여 킬로미터다. 이 거리를 포화를 뚫고 전진해 백병전을 벌일 정도의 전투력이 일본군에는 없었다.

더구나 대한제국 수군이 보유한 소총은 생각조차 못 했다. 후장식 소총은 전장식과 달리 아래를 내려다보고 사격할 수 있다.

그동안 지속된 평화가 독약이었다. 여기에 에도막부의 철저한 경계가 다이묘 연합군을 유명무실하게 만들었다.

쾅! 쾅! 쾅! 쾅!

태평양함대의 포격도 달라졌다.

처음에는 무차별 포격이 감행되었다. 그만큼 일본 함정들이 널려 있었고 소이탄의 위력이 대단했다.

몇 번의 소이탄 공격에 일본 진영은 혼란의 도가니로 변했다. 공격은커녕 사방이 불바다가 된 상황을 빠져나가려고 허우적대기만 했다.

오형인의 지시가 떨어졌다.

"적군은 숫자만 많은 오합지졸에 불과하다. 그러니 지금부터 정밀 포격을 시행하라!"

명령을 전달한 참모장이 혀를 찼다.

"쯧! 이럴 거라면 뭐 하러 병력을 모았는지 모르겠습니다."

"임진왜란에서도 그랬지만, 일본은 전통적으로 해전에 약했어. 그런 저들이 우리 함대가 10척에 불과하다는 걸 알고는, 숫자만 믿고 무모하게 백병전을 벌일 계획이었을 거야."

"그런 것 같습니다. 정보에 어두운 저들이 우리가 소이탄과 고폭탄을 보유했다는 사실은 당연히 몰랐을 것이고요."

"그렇지. 그리고 나도 실전에서 소이탄이 이렇게 대단한 위력을 발할 줄은 몰랐어."

참모장이 문제점을 지적했다.

"저도 그렇습니다. 그리고 저들을 보니 명령 계통이 일원화되지 않은 듯합니다. 저 많은 배들이 제각각 움직이고 있어서 병력의 우세조차 활용하지 못하고 있습니다."

"맞아. 저 배들 사이사이에 화려한 전함이 수십 척인데, 아마도 다이묘들이 탄 배가 할 거야."

"저도 그런 거 같습니다."

"아무리 선박이 많고 병력이 많아 봐야 소용이 없어. 저렇게 다이묘가 탄 배를 중심으로 따로따로 움직이고 있잖아."

"저럴 거라면 다이묘들은 출전하지 않는 게 좋았을 터인데요."

오형인이 고개를 저었다.

"경쟁심 때문에라도 그러지 못했을 거야. 우리가 파악한 정보에 따르면 일본에서는 다이묘들끼리의 경쟁 의식이 대단하다고 했잖아."

"맞습니다. 그 덕분에 이번 전투도 잘 마무리될 거 같습니다."

"아직은 긴장의 끈을 놓지 말고 지켜보자."

"예, 제독님."

오형인이 주의를 주었지만, 상황은 일방적으로 진행되었다.

소이탄 공격으로 시작된 불길은 불어오는 바람을 타고 급격히 퍼졌다. 불길은 배를 타 넘으며 번져 나갔다.

한 번 불이 번지면 걷잡을 수 없이 번져 갔다. 그런데도 바다도 온통 불길이어서 바다로 뛰어드는 일조차 지난했다.

이런 와중에 정밀 포격이 시작되었다.

쾅! 쾅! 쾅! 쾅!

이 포격으로 그나마 온전했던 배들이 하나둘 깨져 나갔다.

전투가 이 정도까지 진행되었음에도 일본군 진영에서는 포격 소리가 들리지 않았다. 그만큼 해전은 시작부터 일방적으로 진행되고 있었다.

무지막지하게 밀리면서 후미의 일본 선박들이 대열을 이

탈해 육지로 도주했다.

참모장이 그 상황을 포착했다.

"제독님, 도주하는 배들이 나오고 있습니다. 어떻게, 우리 함대 진형을 전진시킬까요?"

오형인이 고개를 저었다.

"아니야. 그대로 놔둬. 저들을 추적하려다 우리가 불길에 노출될 수가 있어. 그리고 저렇게 도주하는 자들이 나왔다는 자체가 우리에게 좋아."

"그건 그렇습니다."

두 사람의 예상대로였다.

후미 선단이 도주한 것을 알게 된 일본군은 그대로 무너졌다. 이제는 전투는 뒷전이고 다들 수단 방법을 가리지 않고 도주하려 했다.

그러나 도주도 쉽지 않았다.

불길이 이들의 앞을 막았으며, 태평양함대의 정밀 포격이 이들을 주저앉혔다. 그러자 일본 선박들은 죽기 살기로 도주를 감행했다.

❀

오사카해전은 불과 반나절 만에 끝이 났다. 일본 수군은 일방적으로 몰린 끝에 궤멸적인 타격을 입었다.

개혁군주

전투를 마친 태평양함대는 일단 오사카만을 빠져나왔다. 그리고 해상에서 포탄을 재보급받으며 하루를 보내고서 다시 오사카만으로 들어갔다.

태평양함대가 다시 나타났음에도 오사카만은 조용했다. 단지 전날의 전투 여파로 온갖 부유물만이 바다를 떠다닐 뿐이었다.

태평양함대가 해안으로 접근했다.

오사카는 오래전부터 서일본의 중심이었다. 그런 오사카만의 해안에는 다른 지역보다 더 많은 사람이 모여 살고 있었다.

쾅! 쾅! 쾅! 쾅!

태평양함대가 해안 도시와 마을들을 초토화해 나갔다. 그렇게 해안 지대를 쑥대밭으로 만들던 태평양함대가 드디어 오사카에 도착했다.

오사카는 일본 경제의 중심이다.

에도는 막부가 들어서면서 상업이 부흥했다. 그러나 아직은 오사카에 비길 바가 아니다.

오사카는 특히 막부로 공납하는 쌀이 집결된다.

그렇게 집결된 쌀은 다시 막부에 의해 각지로 분배된다. 그로 인해 물류가 발달하게 되면서 항구 주변으로 거대한 창고가 늘어서 있다.

오형인은 그런 창고들을 보고 놀랐다.

"대단하구나. 일본의 쌀이 모두 모이는 곳이라고 하더니, 창고의 규모가 대단해."

참모장도 동조했다.

"그러게 말입니다. 저기 보이는 창고 안에 양곡이 많이 쌓여 있겠지요?"

"그건 모르지. 그러나 저 시설물이 파괴된다면 열도는 한동안 고생을 하겠지."

"맞습니다. 눈에 보이는 건 철저하게 파괴해야 합니다."

"그런데 항구에는 인적도 없네. 선박을 띄울 생각도 않고 말이야."

참모장이 예상했다.

"어제 그렇게 혼쭐이 났으니 누가 나서려 하겠습니까? 아마도 도망친 다이묘들이 자신들의 병력 손실을 우려해 출정을 거부했을 겁니다."

오형인도 참모장의 의견에 동조했다.

"맞아. 우리가 이렇게까지 다가왔는데도 아무도 나서지 않는 것을 보면 그럴 가능성이 농후해. 그렇다면 해안포대로 방어를 하겠다는 건가?"

참모장이 해안을 손으로 가리켰다.

"제독님, 저기를 보십시오. 해안포대입니다."

"호오! 그래도 해안포대를 제법 만들어 놓았어."

참모장이 건의했다.

"제독님, 일본 대포도 청국과 비슷한 제원이니 좀 더 접근해도 되지 않겠습니까? 오사카를 포격하려면 해안포대를 먼저 깨트려야 하니 말입니다."

오형인이 승인했다.

"그렇게 해. 저들의 포격 거리를 계산해서 최대한 가까이 접근시켜라. 우리가 접근하면 저들이 먼저 포격할 터이니, 그 포연을 보면서 반격하자."

"예, 알겠습니다."

잠시 후.

태평양함대가 오사카를 향해 천천히 압박해 들어갔다. 그러자 오형인의 예상대로 해안포대가 일제히 불을 뿜었다.

쾅! 쾅! 쾅! 쾅!

참모장이 쾌재를 불렀다.

"역시 예상대로입니다. 포격 후의 포연이 그대로 표적이 되었습니다."

"각 함에 지시해 해안포대를 먼저 박살 내라고 해."

"예, 제독님."

곧이어 태평양함대의 함포가 불을 뿜었다. 이 대응 포격에 오사카 해안포대는 거대한 유폭을 남기면서 궤멸해 갔다.

참모장이 득의만면해 소리쳤다.

"역시 대적 불가네요. 저들도 나름대로 철저하게 방어를 했을 겁니다. 그러나 우리와의 화력의 차이는 극복할 사안이 아닙니다."

오형인도 동조했다.

"맞는 말이야. 어느 정도 화력의 열세는 철저한 대비를 한다면 극복이 가능해. 그러나 우리의 함포는 저들보다 서너 단계는 진보된 물건이니 저들이 감당할 수준이 넘는다고 봐야지."

"지난 북벌에서도 느꼈지만, 우리 함포는 운용할수록 경이롭기까지 합니다. 황제 폐하께서 어떻게 이런 화기를 만들어 내셨는지도 놀랍기만 하고요."

오형인이 적극 동조했다.

"하늘이 내리신 분이지. 만일 폐하께서 없었다면 지금도 청국의 그늘에 가려진 우물 안 개구리 신세를 벗어나지 못했을 거야. 내 개인적으로도 제주 만호가 관직의 마지막이었을 거야."

대화를 나누고 있는 동안 포격전은 이어졌다.

그러나 말이 포격전이지 시작부터 일방적이었다.

얼마의 시간이 지나자 오사카 방면에서 포연이 올라오지 않았다. 오형인은 그래도 만일에 대비해 주변 해안을 훑게 했다.

참모장이 보고했다.

"제독님, 적의 해안포대를 완전히 제거한 것으로 보입니다."

오형인의 지시가 이어졌다.

개혁코프

"좋아! 그럼 지금부터 오사카 초토화 작전을 시작한다. 계획대로 3척의 전함은 요도가와(淀川)강을 따라 진입해 목표물을 포격하고, 나머지는 오사카항구부터 포격을 시작해 들어가라."

지시가 떨어지자 항구 일대를 목표로 대대적인 포격이 진행되었다. 그렇게 항구 일대가 쑥대밭이 되어 가던 중 3척의 전함이 대열을 이탈했다.

이 전함들은 교토와 오사카를 잇는 해상 교통로인 요도가와강으로 진입했다.

쾅! 쾅! 쾅! 쾅!

강으로 들어선 3척의 전함은 좌우 함포가 동시에 불을 뿜었다. 남은 4척은 선체를 거의 고정하고는 오사카를 향해 무차별 포격을 감행했다.

그야말로 불벼락이 오사카를 뒤덮었다.

일본군은 속수무책이었다.

이들은 대한제국군이 상륙을 할 것으로 예상하고 있었다. 그래서 해전을 포기하고는 상륙에 맞춰 육전에 따른 방어 전략을 수립해 놓고 있었다.

그러나 이는 오판이었다.

대한제국 수군은 처음부터 상륙할 계획을 갖고 있지 않았다. 그 바람에 일본군의 계획은 만사휴의(萬事休矣)가 되면서 일방적으로 깨져 나갔다.

오형인이 탄 기함은 강으로 들어간 3척 중 하나였다. 강을 따라 들어가며 시작된 포격은 또 하나의 임무가 있었다.

　　참모장이 소리쳤다.

　　"제독님, 오사카성이 보입니다!"

　　"알아! 나도 확인했어."

　　"이 정도면 오사카성을 직접 타격해도 되지 않겠습니까?"

　　"임무 완수를 위해서는 조금 더 들어가는 게 좋겠어. 다행히 강폭도 넓고 수심이 깊어서 문제가 없을 거 같아."

　　"알겠습니다. 그런데 참으로 놀랍습니다."

　　"뭐가 놀라워?"

　　"폐하께서 상륙 작전이 아니라 포격 작전을 먼저 수행하라고 순서를 정해 주신 것이 말입니다. 그리고 일본의 기세를 죽이기 위해 반드시 쇼군의 에도성과 오사카성을 초토화하라는 임무를 부여해 주신 것도요."

　　"그건 그래. 일본은 우리가 포격전을 먼저 시행할 거라고는 생각 못 하고 있었을 거야."

　　"저도 그렇게 생각합니다. 에도부터 여기까지 일본은 제대로 된 저항 한 번 못했습니다. 만일 우리의 해상 공격을 조금이라도 예상했더라면 이렇게까지 무력하지는 않았을 겁니다."

　　"그렇지. 수군의 공격을 예상했다면 오사카만의 좁은 입구에 해안포대를 설치했을 거야. 에도만도 마찬가지였고. 그렇다고 우리가 물러서지는 않았겠지만, 상당히 귀찮았을 거야."

"그렇지요. 특히 오사카만은 입구가 좁아서 일본이 보유한 대포로도 상당한 효과를 볼 수 있었을 겁니다."

"맞아. 오사카만의 입구에 해안포대를 설치했다면 해병대를 상륙시켜야만 하는 상황도 생겼을 거야."

잠시 후 오형인이 소리쳤다.

"전함의 속도를 최대한 줄여라! 우측 함포는 타격점을 오사카성으로 바꿔라!"

지시에 따라 운항 속도가 급격히 줄었다. 이어서 오사카성을 향해 일제히 불을 뿜었다.

오사카성은 임진왜란의 원흉인 도요토미 히데요시의 거성이었다. 그런 오사카성은 도요토미 가문을 멸망시킨 오사카 전투 당시 전소되었다.

이후 에도막부가 재건해 서일본 통치의 거점으로 삼았다. 태평양함대 장병들은 이런 역사적 사실을 잘 알고 있었다.

그래서 다른 어느 지역보다 포격에 더 신경을 쏟았다. 그 결과 오사카성은 석축의 상당 부분이 무너질 정도로 초토화됐다.

오형인은 성이 초토화된 것을 확인하고는 더 위쪽으로 배를 몰아가려 했다. 강을 따라 올라가면 일본의 수도인 교토(京都)가 나오기 때문이다.

본래 계획에는 없던 일이었다. 그런데 기왕 여기까지 온 김에 교토까지 초토화하고 싶었다.

그러나 오형인의 시도는 성공하지 못했다.

강폭도 좁아질뿐더러 수심도 전함의 통행을 장담할 수 없었다. 어쩔 수 없이 항행을 멈춘 오형인은 그 대신 오사카 주변까지 맹폭하게 했다.

오사카도 에도와 마찬가지로 모든 건물이 목조였다. 이런 건물에 소이탄을 가미한 함포사격은 재앙이었다.

태평양함대는 오사카에서 사흘을 머물렀다.

그러면서 재보급을 받는 고베(神戶)와 히메지(姬路)까지 철저하게 박살을 냈다. 포격하는 동안 오사카와 그 일대는 검은 연기가 끊이질 않았다.

그렇게 오사카와 주변을 초토화한 태평양함대가 세토내해로 들어갔다. 세토내해에는 이미 초토화한 히메지를 비롯한 여러 도시가 해안에 늘어서 있었다.

태평양함대는 이런 도시들을 모조리 초토화하면서 내려갔다. 그러다 후쿠야마에 도착했을 때 시코쿠를 포격하고 있던 분대와 조우했다.

태평양함대는 여기서 다시 합쳤다. 그런 뒤 히로시마와 그 주변을 박살 내고는 규슈로 넘어갔다.

규슈도 사정은 마찬가지였다.

단지 시마즈 가문의 가고시마에서 약간의 저항이 있었을 뿐이었다. 그 외는 다른 지역과 마찬가지로 조금의 저항도 없었다. 하다못해 조각배라도 끌고 나와 저항하는 지역이 없었다.

규슈에는 난공불락으로 소문난 구마모토(熊本)성이 있다. 이 성은 임진왜란 당시 참전했던 가토 기요마사(加藤清正)가 축성했다.

가토 기요마사는 정유재란 당시 울산성 전투에서 큰 곤욕을 치렀다. 그때 식량과 식수 부족으로 고생했던 가토는 구마모토성을 축성하며 토란 줄기로 다다미를 만들고 성안에 우물을 120개나 팠다.

더 중요한 사실은 축성 당시 조선인 포로들까지 동원되었다는 점이다. 오형인은 이런 구마모토성을 누구보다 초토화하고 싶었다.

그런데 문제가 발생했다.

구마모토성은 해안에서 10킬로미터 이상 들어가 있었다. 그 성으로 가기 위해서는 시라카와(白川)강으로 들어가야 하는데, 강폭이 좁고 수심이 얕았다.

이런 환경 때문에 어쩔 수 없이 구마모토성만큼은 다음을 기약할 수밖에 없었다. 그러나 나머지 성들은 하나같이 초토화할 수 있었다.

태평양함대는 무려 한 달이 넘는 동안 열도 곳곳을 초토화했다. 그러는 동안 직접적인 인명 피해는 없었으며, 제대로 된 저항도 마주하지 않았다.

태평양함대의 혁혁한 활약은 열도를 완전히 뒤집어 놓았

다. 열도의 그 누구도 태평양함대가 이런 식으로 열도를 뒤집어 놓을 줄은 몰랐다.

아니, 대한제국 함대가 주체적으로 공격을 가할 줄은 예상도 못 했다. 단지 상륙군을 지원하기 위해 규슈나 혼슈 남부 등에 국한되어 활약할 거라고만 예상했다.

그러나 대한제국에는 황제가 있었다.

황제는 일본이 섬나라답게 해안을 따라 도시가 형성되었다는 사실을 잘 알고 있었다. 그래서 일본의 예봉을 꺾기 위해 대대적인 포격 작전을 먼저 수행한 것이다.

그 결과는 놀라웠다.

한 달이 넘는 동안 속수무책으로 당했으며, 피해는 추산하기도 어려웠다.

이렇듯 열도를 초토화한 태평양함대가 도착한 곳은 후쿠오카(福岡)였다.

후쿠오카는 대한제국과 인연이 많다.

후쿠오카는 하카타(博多)로 불리는 항구와 접해 있다. 하카타는 오랫동안 일본의 관문 역할을 하며 무역으로 번성한 도시다.

하카타는 임진왜란 당시 물류 보급기지로 결정적 역할도 했다. 그러나 쇄국 정책으로 교역이 중단되면서 급속히 쇠락했다.

후쿠오카에 도착한 태평양함대는 잠시 여정을 멈추었다.

오형인이 부산까지 내려온 황제에게 직접 보고하러 들어갔기 때문이다.

대한제국군은 초량왜관에 일본공략본부를 설치했다. 초량왜관은 면적도 넓고, 용두산을 끼고 있어서 새로 조성된 부산항을 굽어볼 수 있었다.

몇백 년 동안 일본에게 내주었다는 상징적인 의미도 남달랐다. 초량왜관은 더구나 건물이 그대로 있어서 건물을 따로 만들지 않아도 되었다.

황제가 머무르고 있는 건물은 초량왜관의 관수(官守)가 업무를 보던 관사다. 본래는 국방대신 백동수의 집무실로 전면 개조했던 것을 황제가 사용하고 있었다.

"충! 오랜만에 뵙습니다, 폐하."

황제가 환하게 웃었다.

"어서 오시오, 오 제독. 그동안 고생이 많았소."

"아닙니다. 예상보다 적의 저항이 적어서 의외로 쉽게 함대를 이끌 수 있었습니다."

"보급선을 통해 보고는 받아 봤지만, 성과가 대단하다고요?"

"예. 솔직히 저희가 놀랄 정도입니다."

"오! 그 정도요?"

참모장이 나섰다.

"그동안의 전과를 기록한 보고서입니다."

임시 집무실이어서 용상이 없었다.

회의 탁자에 앉아 있던 황제가 자리를 권했다.

"듣고 싶은 말이 많으니 우선 앉읍시다."

"황감하옵니다."

황제가 보고서부터 펼쳤다. 그러고는 한 장 한 장 보고서를 넘기며 연신 흡족해했다.

"하하! 놀랍네요. 전과가 예상을 훌쩍 넘었어요."

참모장이 설명했다.

"일본의 수군 전력은 거의 없는 거나 다름없사옵니다. 전투라고 할 만한 상황은 오사카해전이 전부였는데, 그조차도 일방적이었습니다. 아군의 피해는 전무했으며, 일본군은 그 해전에 천여 척의 선박이 침몰하고 수만 명이 전사했을 것입니다."

오형인이 부언했다.

"사흘 동안 오사카에 머물렀었습니다. 그동안 단 하루도 바다가 붉게 변하지 않은 날이 없었을 정도입니다."

"수고 많았어요."

황제는 보고서를 보며 전과를 확인했다.

"가토 기요마사가 축성한 구마모토성은 공략을 못 했구려."

"아쉽게도 성이 해안에서 많이 들어가 있었사옵니다. 그래서 어쩔 수 없이 공략을 못 했사옵니다."

황제가 고개를 저었다.

"아니오. 무리하지 않고 돌아온 것이 잘한 일이오. 구마모토성이 난공불락이라 불리는 이유에는 그런 지리적 이점도 포함되어 있었을 거요."

백동수가 농담했다.

"무리하지 않아서 다행이야. 수군이 너무 많은 공을 세우면 육군이 아쉬워한다네. 그러니 육군에 공을 넘겨주었다고 생각하시게."

"하하! 알겠습니다."

황제가 보고서를 다 읽었다.

"아주 고생들이 많았어요. 이 정도면 상륙 작전을 막기 위해 병력을 모으는 일도 쉽지 않을 거요."

오형인이 나섰다.

"폐하, 아직 혼슈의 동해 방면에는 손대지 못했사옵니다. 하오니 태평양함대가 일본 열도를 완전히 한 번 돌아서 오도록 윤허하여 주십시오."

황제는 잠시 일본 지도를 바라봤다.

그러던 황제가 국방대신에게 확인했다.

"국방상의 생각은 어떠시오?"

"신은 괜찮다고 생각합니다. 그러나 재공략은 우리 병력이 규슈를 상륙한 후에 시행했으면 하옵니다."

황제가 오형인을 바라봤다.

"오 제독은 어찌했으면 좋겠소?"

"국방대신의 말씀대로 하겠습니다."

"좋소. 그러면 태평양함대는 잠시 부산으로 귀환해서 보급도 받고 잠시 휴식하시오."

"알겠습니다. 상륙 일자는 결정이 되었습니까?"

"5월 20일이오."

"그러면 재보급도 있고 하니, 함대를 부산으로 귀환시켜서 휴식하겠습니다."

"그러세요. 아무리 전승했어도 한 달 보름이라면 병사들의 피로를 생각하지 않을 수 없어요. 짐이 알기로 전쟁 역사에서 이번처럼 오랫동안 전투를 벌인 경우는 없었습니다. 말은 하지 않아도 장병들의 피로감은 극에 달했을 겁니다. 그러니 전부 불러들여 며칠이라도 푹 쉬도록 해 주세요."

"예, 폐하."

황제가 지시했다.

"국방대신은 태평양함대를 위한 특별 보급에 신경을 써 주세요. 병사들이 잘 먹고 푹 쉴 수 있도록 해 주었으면 합니다."

"군수사령부에 특명을 내려놓겠사옵니다."

황제가 일본 지도로 시선을 돌렸다.

"출정이 얼마 남지 않았습니다. 지휘부는 남은 기간 동안 긴장의 끈을 놓지 말아야 합니다. 안전사고에 특히 유의하고요."

"예, 알겠습니다."

오형인이 조심스럽게 질문했다.

"대신님. 이인수 제독님은 어떻게 되었습니까?"

백동수가 대답했다.

"장례는 국가장으로 치렀네. 폐하께서 충무후(忠武侯)의 시호를 내리셨으며, 후작의 작위를 후손이 계승하게 해 주셨네. 시신은 요양에 조성된 국가유공자 묘지의 장군 묘역에 안장되셨네."

조선의 시호(諡號)는 추증만 하고 실질적인 혜택은 없었다. 그래서 시호에 공(公)의 작위가 남발되는 경향이 없지 않았다.

그러나 대한제국은 달랐다.

시호가 공작에 이어 후작도 생겼으며, 실질적으로 봉작까지 된다. 추증 절차와 검증 자체가 엄격하고 까다로워지면서 지금까지 추증된 경우가 없었다.

그러다 처음으로 시호가 내려졌다.

오형인이 황제에게 감사를 표했다.

"황감하옵니다. 폐하의 황은에 모든 수군 장병이 감읍할 것이옵니다."

황제가 고개를 저었다.

"할 도리를 했을 뿐이오. 이 제독이 직접 참전해 전투를 지휘했다면 공작의 작위도 가능했겠지만 그러지 못한 것이 아쉬울 따름이에요."

시호는 절차를 밟아 추증된다.

황제와 황후의 경우는 시호도감(諡號都監)이 설치된다. 관리 등은 봉상시(奉常寺) 업무를 이관받은 궁내성의 해당 부서에서 추천하게 되어 있었다.

태평양함대가 전부 부산으로 귀환했다.

전투가 계속 이어질 것으로 생각했던 장병들은 환호했다.
승리가 이어졌다고는 하지만 한 달이 넘는 항해와 전투로 장
병들의 정신력은 한계까지 몰려 있었다.

막사가 준비되지 않은 탓에 잠은 선실에서 해결해야 했다.
그러나 정박해서 휴식을 취한다는 사실만으로도 장병들은 기
뻐했다. 군은 이런 장병들을 위해 푸짐한 특식을 하사했다.

황제는 본래 대마도로 넘어가서 장병들을 챙기려 했다. 그
러나 의전과 경호가 문제가 된다는 만류에 포기해야 했다.

그 대신 잠도 줄여 가며 군정을 살폈다. 이런 황제에 고무
된 지휘부는 작전 계획을 몇 번이고 검토하며 부족한 부분을
챙겼다.

❁

상륙 작전 전날이 되었다.

며칠 푹 쉬면서 체력을 충전한 태평양함대가 부산항을 빠
져나갔다. 그러고는 대마도에서 상륙전단과 합류하며 하루
를 보냈다.

이어서 작전 개시 당일 새벽.

여명과 함께 출항이 시작되었다.

대한제국은 규슈 상륙 작전에 1차 병력으로 5만을 동원했다. 이 병력과 군수물자를 선적한 수송선단의 호위를 3함대가 맡았다.

　같은 날.

　다른 두 곳에서도 함대가 출발했다.

　한 지역은 동명으로, 북해도 상륙 병력이 승선해 있었다. 그리고 또 다른 지역은 대만함대로, 유구 왕국의 오키나와로 상륙하는 병력이었다.

　이날 오후.

　후쿠오카에 대한제국 선단이 나타났다.

　며칠 전 태평양함대가 출몰했다 사라지자 죽을 고비를 넘겼다며 환호했었다. 그런 환호는 며칠 만에 온 바다를 메우며 다가오는 선단을 보고는 이내 절망으로 바뀌었다.

　후쿠오카의 다이묘는 구로다 가문이다.

　구로다 가문의 초대 영주는 구로다 나가마사(黑田長政)로, 임진왜란에 참전했다. 그는 제2차 진주성 전투에 참여했는데, 6만 진주성민이 몰살당할 때 주요한 역할을 한 장수다.

　지금의 다이묘인 구로다 나리키요(黑田齊淸)는 그로부터 9대째다.

　바다를 가득 메운 대한제국 선단에 구로다의 얼굴은 검게 물들었다.

　그가 머물고 있는 후쿠오카성은 평지에 세워진 성이다. 그나마 구릉지에 세워지기는 했으나 항구와 가까워서, 대한제국 함대가 포격을 시작하면 가장 먼저 표적지가 될 처지였다.

이미 해안 지역이 어떻게 초토화되었는지 소문이 나 있었다. 그랬기에 구로다 가주에게 다가오는 대한제국 선단은 지옥의 사신이었다.

그러나 제대로 된 포대도 없어서 형식적인 방어조차 할 수 없었다. 방어라고는 영지의 사무라이와 아시가루 등 모든 병력을 총동원해 곳곳에 저항선을 만들어 놓은 정도가 고작이었다.

방어가 취약하다고 전투가 시작되기도 전에 다이묘가 먼저 성을 버릴 수는 없었다. 구로다가 이도 저도 못 하고 있는 동안 대한제국 함대는 성큼 다가와 있었다.

그리고 '아직은 괜찮겠지.' 하는 순간.

대한제국 함포가 불을 뿜었다.

쾅! 쾅! 쾅! 쾅!

규슈 상륙 작전의 서막이 시작되었다.

개혁군주

모리 가문의 선택

　후쿠오카는 항구로서 천혜의 조건을 갖추고 있었다. 항구에서 얼마 떨어지지 않은 곳에 위치한 몇 개의 작은 섬이 자연 방파제 역할을 하고 있었다.

　후쿠오카에서는 대한제국이 이 섬을 돌아서 공격해 올 것으로 예상했다. 그래서 거기에 대비해 나름대로 만반의 준비를 갖추고 있었다.

　그러나 이는 오판이었다.

　대한제국은 항구 앞섬의 뒤편에서 포격을 개시했던 것이다. 그 바람에 후쿠오카는 완전 무방비상태에서 포격당해야 했다.

　이런 오판으로 피해는 더 커졌다.

선제포격의 표적이 된 후쿠오카성이 먼저 박살 나 버렸다. 이 포격에 구로다 다이묘는 물론 대다수 가신이 몰살되면서 후쿠오카는 바로 지휘부 공백 사태를 맞고 말았다.

대한제국은 서두르지 않았다.

후쿠오카성이 박살 난 사실을 알았음에도 포격을 멈추지 않았다. 대한제국은 단순히 열도를 점령하려고 거병한 것이 아니었다.

왜란의 책임을 물으면서 철저하게 궤멸시킬 계획을 갖고 있었다. 그래서 두 번 다시 대한제국 쪽으로 고개조차 돌리지 못하게 만들려 했다.

태평양함대는 하루 동안 진행된 포격에 참여하지 않았다. 후방에서 대기하면서 만일의 사태에 대비하고 있었다.

그런 다음 날 새벽.

하루 동안 포격에 초토화된 후쿠오카에 상륙 작전이 감행되었다. 대대적인 포격에 이어 해병수색대가 몇 척의 소형범선을 나눠 타고 접근했다.

항구 앞에 산재한 섬들은 이미 포격에 초토화되어 있었다. 그러나 섬의 간격이 좁아서 어떤 상황이 연출될지 몰라 해병수색대는 섬부터 점령했다.

그리고 나서 항구로 상륙했다.

탕! 탕! 탕!

무지막지한 포격을 당했음에도 살아남은 일본군이 있었

다. 이들은 해병수색대가 상륙하자 총격을 가하며 저항했다.

쾅! 탕! 탕! 탕!

그러나 해병수색대의 수류탄 공격에 이은 집중사격에 속속 제압되었다. 수색대가 교두보를 확보하면서 해병대 본진의 상륙이 시작되었다.

해병대는 삽시간에 항구 일대를 장악했다.

이런 와중에 저항하는 일본군은 이유 여하를 막론하고 무차별 도륙해 나갔다. 해병대가 항구를 장악하고 나서 본격적인 상륙이 진행되었다.

태평양함대는 하루를 더 머물렀다.

그러면서 본대가 상륙해 후쿠오카를 점령하는 것까지 확인하고서 기동했다. 후쿠오카를 출발한 함대는 유유히 북상했다.

전방을 살피던 참모장이 보고했다.

"제독님, 혼슈 입구입니다."

"지난번처럼 이 지역은 포격하지 말라고 각 함에 주의를 줘라. 그 대신 항해만큼은 모리 가문의 거성에 최대한 붙여서 올라가도록 항로를 잡으라고 알려 주게."

"예, 제독님."

수군을 양성하려면 오랜 기간이 필요하다. 거기다 유지 관리만 해도 막대한 예산이 들어간다.

그래서 에도막부 체제 이후 일본은 제대로 된 수군을 양성하지 않았다. 아니, 봉건시대가 시작되며 영주들이 등장하면서 막대한 예산이 투입되는 정규 수군을 양성할 수 없었다.

그런데 에도막부는 500석 이상 싣는 배의 건조까지 금지했다. 이런 정책이 지금 고스란히 재앙이 되어 열도를 뒤덮고 있었다.

그런 재앙이 단 한 곳.

모리 가문의 영지만큼은 비켜 가고 있었다.

모리 가문의 거성은 하기(萩)성이다. 2개의 구니(国)를 지배하고 있는 모리 가문은 본래는 6개의 구니를 지배하는 거대 영주였다.

그러나 도쿠가와 가문과의 전쟁에서 패전 후 2개 구니로 줄어들었다. 거기다 거성이었던 히로시마성과 본향인 아키 구니(安芸国)를 에도막부가 임명한 다이묘에 넘겨줘야 했다.

모리 가문은 본래 내륙인 야마구치에 거성을 마련해야 했다. 그러나 에도막부의 재가를 받아 세토내해의 반대편 해안에 거성을 마련한다.

이 성은 바다 방면으로 튀어나온 부분에 자리하고 있다. 그래서 3면은 바다였으며, 다른 면은 천연 해자가 있어 섬이나 다름없었다.

모리 가문의 영지 이름은 조슈(長州)다. 현임 다이묘는 10대째로, 이름은 모리 나리히로(毛利斉熙)다.

모리 가주는 요즘 불안했다.

참근교대로 에도에 머물다 대한제국의 선전포고로 급히 영지로 내려왔다. 그런 뒤 가신들의 도움으로 나름대로 최선을 다해 징병을 해 왔다.

그러나 소문은 하나같이 최악이었다.

에도를 비롯해 나고야와 오사카, 고베 등 수많은 도시가 초토화되었다고 한다. 그뿐이 아니라 가문의 본향인 히로시마까지 전소되었다는 소식에는 망연자실했다.

그런데 자신의 영지는 무사했다.

처음에는 포격이 비켜 간 것에 환호했다. 그런데 시간이 지날수록 뭔가 이상했다.

분가(分家)가 있는 야마구치 등도 아무런 피해를 보지 않은 것이다. 더구나 대한제국과 가까운 시모노세키마저 아무 피해가 없었다.

피해를 봤다면 울분은 찼겠지만 불안하지는 않았다. 그런데 피해를 비켜 간 것이 시간이 지날수록 오히려 압박이 되었다.

모리 영주는 가신 회의를 소집하고 분가의 가주에게 전령을 보냈다. 그러나 어느 곳도 속 시원한 대답을 듣지 못했다. 단지 우연의 일치라는 말이 지배적이어서 그 말을 위안 삼고 있었다.

땡! 땡! 땡!

이날도 모리 가주는 가신 회의를 여는 것으로 하루를 시작했다. 그런데 가신 회의가 끝나기도 전에 비상종이 울렸다.

모리 가주가 소리쳤다.

"무슨 일이기에 비상종이냐?"

숙노가 몸을 굽혔다.

"주군, 소인이 나가 보겠사옵니다."

아무리 급한 일이 있다 해도 주군의 명을 받지 않고 물러날 수는 없었다. 그랬다간 주군을 모욕한 죄로 최하 징계에서 과하면 할복이었다.

"그리하라."

숙노가 무릎걸음으로 방을 나갔다.

그렇게 밖으로 나간 숙노는 안색이 하얗게 변해 들어왔다.

"주군! 큰일 났습니다. 바다 방면으로 성명 불상의 이양선 함대가 다가오고 있사옵니다."

"뭐라고? 이양선 함대?"

"예. 하온데 10척의 함대를 몰려오는 것으로 봐서는 소문에 들던 조선 수군이 분명하옵니다."

모리 가주가 벌떡 일어났다.

"산성으로 올라가자."

하기성은 바다 방면의 산을 등지고 있다. 이 산 위에는 축성 당시 만들어 놓은 산성이 있었다.

모리 가주가 산성에 오르자 해상을 경계하던 사무라이가 인사했다.

"어서 오십시오, 주군."

"함대가 어디 있느냐?"

"규수 방면에서 올라오고 있사옵니다. 망원경으로 확인해 보십시오."

일본은 나가사키를 통해 서양 문물이 들어와 있었다. 망원경도 고가이지만 과시를 좋아하는 다이묘들 사이에서는 널리 퍼져 있는 물건이었다.

모리 가주가 망원경을 들었다. 그렇게 바다를 살피던 모리 가주는 무언가를 발견하고 침음했다.

"으음! 돛대에 태극 문양의 깃발이 보인다."

숙노가 바로 대답했다.

"태극이라면 한국 함대가 맞습니다."

일본에는 아직 국기가 없다.

그 대신 황실과 막부와 다이묘들은 각자 가문의 문양을 내걸고 있다. 모리 가문도 사정은 마찬가지였다. 이럴 정도로 일본에서는 개개의 가문이 독립된 영주라는 인식이 강했다.

"후우! 우리 영지만 변란을 피해 갔다고 생각했는데, 그게 아니었구나."

"주군, 저들의 공격에 대비해 병력을 편성해야 하지 않겠습니까?"

모리 가주가 고개를 저었다.

"병력을 성으로 모으지 마라. 지금까지 한국 함대는 상륙하지 않고 포격만으로 공격했었다. 여기라고 다를 바 없을 터이니, 성에 있는 귀중품들을 밖으로 돌려놓도록 하라."

"그러면 저항하지 말라는 말씀이옵니까?"

모리 가주가 질책했다.

"숙노는 저들의 함포 위력을 듣지 못했어? 그리고 저항하지 않으면 포격도 적당히 하고 물러간다는 소문을 몰라?"

숙노가 순간 당황했다.

"알고는 있었사옵니다."

"그런데 왜 무모하게 항전해서 가문의 피해를 키우려는 거야."

"소인은 단지……."

모리가 손을 들었다.

"그만. 지금 시점에서 중요한 건 피해를 최소화하는 거야. 그러니 숙노는 가문의 전 병력을 동원해서 대처하도록 해. 그리고 조카마치에 분명 큰 피해가 예상되니 가신들의 식솔도 모두 대피시키도록 병력을 지원해. 지금은 무엇보다 사람이 중요한 때야."

숙노의 몸이 급격히 굽혀졌다.

"감사합니다, 주군."

"어서 움직여."

"예, 주군."

숙노가 급히 사무라이 몇 명과 아시가루들을 데리고 내려갔다.

모리 가주를 경호하던 사무라이 대장이 나섰다.

"주군, 저들의 포격이 시작되면 여기도 위험합니다. 하오니 주군께서도 산성을 내려가시지요."

모리 가주가 고개를 저었다.

"아니야. 위험은 하겠지만 여기 있겠다."

"주군."

"지금 내가 하산하면 오히려 더 어수선해진다. 저들의 포격이 시작되면 이 주변에서 엄폐물을 찾는 것이 좋아."

가주의 의견이 분명한 것을 확인한 사무라이 대장은 더 권하지 못했다. 그 대신 병력을 풀어 가주가 피신할 수 있는 장소를 만드는 데 혼신의 노력을 했다.

모리 가문은 나름대로 만반의 준비를 하고 기다렸다. 그런데 상황이 이상하게 흘러갔다.

사무라이 대장이 의아해했다.

"주군, 저들이 우리를 지나쳐 이와미국(石見国)으로 올라갈 거 같습니다."

모리 가주의 안색이 굳어졌다.

"이게 대체 어떻게 된 일이야? 지난번에도 우리 지역을 그냥 지나쳤는데, 이번에도 그대로 지나가고 있다니. 우리를 봐주겠다는 거야, 아니면 우리가 무서워 결전하지 않는 대신 의심을 받으면서 말려 죽이겠다는 거야!"

사무라이 대장도 상황이 이상한 것을 알아챘다. 잠시 고심하던 그가 조심스럽게 확인했다.

"주군, 혹시 저들과 무슨 연락을 주고받으신 적이 있는지요?"

모리 가주가 버럭 화를 냈다.

"지금 무슨 소리를 하는 거야? 내가 저들과 내통이라도 했다는 거야, 뭐야!"

사무라이 대장이 급히 머리를 숙였다.

"절대 그렇지 않습니다. 소인은 지금의 상황이 너무 이상해서 혹시 주군께서 다른 계획을 갖고 계신지 궁금했을 뿐입니다."

"내가 다른 생각을 갖고 있다면 어떻게 하려고?"

사무라이 대장이 가슴을 폈다.

"그러면 당연히 주군의 뜻을 따라야지요."

"으음!"

"건국 초기 우리는 에도막부에 치욕당하며 4국(国)을 빼앗겼사옵니다. 통탄스럽게도 본향인 히로시마까지 내주어야 했고요. 그동안 우리 가신들은 온갖 고난을 겪으면서도 오로지 권토중래만 생각하며 와신상담해 왔습니다, 주군."

사무라이 대장의 눈에서 불이 일었다.

"지금이 권토중래할 절호의 기회일 수가 있사옵니다. 만일 주군께서 이번 기회에 에도막부와 척지려 하신다면 저희 가신들은 무조건 주군께 충성을 다할 것이옵니다."

모리 가문의 충성심은 대단하다.

개혁군주

모리 가문도 영토의 절반 이상을 빼앗겼음에도 가신들을 한 명도 내치지 않았다. 그렇기에 사무라이 대장도 당당하게 에도막부에 반기를 들자는 말을 할 수 있었다.

모리 가주가 침음했다.

"으음! 쉽게 결정할 수 있는 일이 아니다."

"주군, 한국이 무슨 의도로 우리에게 이러는지는 모르겠습니다. 그러나 저들이 이러는 것은 분명 이유가 있습니다. 그리고 규슈에 한국군이 상륙하면, 막부에서는 분명 피해가 별로 없는 우리에게 출정을 명령할 것이옵니다. 그때 막부의 명령대로 출정한다면 어떻게 되겠습니까?"

"으음!"

모리 가주가 쉽게 대답을 못 했다.

그도 막부의 명령에 따라 출정하면 실낱같은 희망조차 날아간다는 사실을 잘 알고 있었다. 그렇다고 해서 거병하는 것도 쉬운 문제가 아니다.

그렇다고 기회를 흘려 버릴 수는 없었다.

모리 가주가 지시했다.

"분가의 가주들을 모두 불러들여라. 우선은 가문의 의견부터 모아 봐야겠다."

사무라이 대장의 목소리가 높아졌다.

"예, 주군."

모리 가주가 지나가는 태평양함대를 바라봤다. 한동안 그렇게 서 있던 모리 가주가 독백했다.

"대체 무슨 속셈으로 이러는지는 모르겠다. 그러나 우리 가문과 막부 사이에 큰 파문을 불러온 것은 분명한 사실이다. 한국이 나를 필요로 하는 것인지, 아니면 나를 죽이려 하는 것인지가 문제구나."

독백을 하면서도 모리 가주의 시선은 태평양함대를 끝까지 따라갔다.

그런 가주의 시선을 받으면서 태평양함대는 북쪽으로 유유히 넘어갔다.

규슈에 상륙한 육군은 병력을 점검했다. 상륙을 도운 3함대는 규수 해상봉쇄에 나섰다.

일본의 혼슈와 규수 사이에는 좁고 긴 해협이 있다.

간몬(關門)해협으로 불리는 이 해협은 좁은 곳은 500~600 미터에 불과할 정도다. 그럼에도 길이가 길고 물살이 빨라 작은 배가 종종 사고가 난다.

그런데 3함대는 이런 간몬해협을 막지 않았다. 그 대신 세토내해 방면으로 넘어가 바다를 막으면서 전령을 모리 가문 방면으로 유도했다.

규슈의 다이묘는 서른 명이 넘는다.

이런 다이묘 중 유력 가문은 4~5개 정도다. 대한제국군은 상륙을 하면서 고구다카 52만 석의 구로다 가문을 박살 냈다.

전력을 정비한 대한제국은 먼저 병력을 둘로 나눴다. 해병사단은 나베시마(鍋島) 가문의 사가(佐賀)를 공략하고는 규슈의 서쪽을 맡기로 했다.

남은 육군 병력은 구마모토로 내려갔다. 태평양함대가 유일하게 초토화하지 못한 구마모토성과 그 일대를 평정하기 위해서였다.

규슈에서의 전투가 본격화되자 각지의 다이묘들은 에도막부로 전령을 보냈다. 그러나 이런 전령들은 3함대의 해상 방어에 막혀 단 한 척도 세토내해를 통과하지 못했다.

해협 방면으로만 넘어갈 수 있었다.

그러나 간몬해협을 건넌 전령들은 모조리 모리 가문에 의해 체포되었다. 그로 인해 규슈의 상황은 한동안 막부로 전달되지 않았다.

하기는 영지에서 한쪽에 쏠려 있다.

지금처럼 긴박한 상황에서 분가의 가주들을 불러들이기에는 시간이 아까웠다. 그래서 모리 가주는 분가의 가주들을 야마구치(山口)로 모이게 했다.

상황이 상황인지라 분가의 가주들은 득달같이 달려왔다.

모리 가문의 분가는 10여 개나 된다. 이들 중 다이묘가 된 분가만 세 곳이고 한 곳은 아직 정식 다이묘로 인정받지 못

하고 있는 분가다.

분가 중 조후(長府) 가문은 1만 석의 분가를 거느리고 있었다. 야마구치 회동에는 영지를 갖고 있는 네 곳의 분가가 참석했다.

네 명의 분가 가주가 본가 가주에 대한 예를 표하면서 회동이 시작되었다. 모리 가주는 현재 처한 상황을 솔직히 알려 주었다.

"……지금 우리 가문의 처지가 상당히 어렵게 되었소이다. 그러니 분가의 가주들께서는 허심탄회하게 의견을 개진해 주시기 바라오."

조후 분가의 모리 모토요시(毛利元義) 가주가 먼저 나섰다.

"주군! 규슈로의 파병은 불가합니다. 지금의 같은 상황에서 우리 병력을 파병한다면 막부는 우리에게 옥쇄를 강요할 것입니다."

모리 가주가 한숨을 내쉬었다.

"후! 나도 그게 걱정이오. 우리가 바라지도 않았는데, 이상하게 우리가 선택해야 하는 상황이 되어 버렸소이다."

조후 분가주가 강력하게 나섰다.

"주군, 이번이 기회입니다. 에도막부가 문을 연 이후 지금처럼 흔들린 적이 없었습니다. 제가 보기에 이번에 아니면 우리는 영원히 에도막부의 그늘을 벗어날 수 없을 것입니다."

조후 분가주의 말이 옳다.

에도막부가 들어서고 몇 번의 위기가 있기는 했다. 그러나 지금처럼 뿌리부터 흔들린 적은 단 한 번도 없었다.

그러나 모리 가주는 결정을 못 했다.

그만큼 에도막부의 위상은 대단했다. 더구나 혼자 거병을 했을 때의 위험부담이 너무 컸기 때문이다.

"후! 안타깝구나. 몇 명의 다이묘라도 미리 교감을 나눴으면 좋았을 것을……."

모두의 고개가 끄덕여졌다. 모리 가주가 걱정하는 부분이 무엇인지 바로 알아들었기 때문이다.

조후 분가주가 조심스럽게 입을 열었다.

"주군, 미리 말씀드리지 못한 일이 있습니다."

"그게 무엇이오?"

"규슈에서 십여 명의 전령이 간몬해협을 넘어왔습니다. 한국군이 상륙해 전투가 벌어진 사실을 막부에 알리기 위해서요."

모리 가주가 깜짝 놀랐다.

"아니, 그러면 전령이 벌써 에도로 올라갔다는 말씀이오?"

조후 분가주가 고개를 저었다.

"아닙니다. 모조리 체포해서 구금시켜 놓았습니다. 그래서 막부로 올라간 전령이 아직까지는 한 명도 없습니다."

모리 가주가 더 놀랐다.

"무엇이라고요? 전령을 체포했다니, 그게 얼마나 중죄인지 모르시오?"

"압니다. 너무도 잘 알지만, 가문을 위해서 그렇게 할 수밖에 없었습니다."

모리 가주가 장탄식을 터트렸다.

"아아! 큰일이구나. 막부가 알게 되면 절대 가만있지 않을 것이다."

조후 분가주가 눈을 빛냈다.

"걱정 마십시오. 제 독단으로 벌인 일입니다. 전쟁이 이대로 끝나서 문제가 된다면 제가 책임지고 할복하겠습니다. 그러면 본가에는 큰 피해가 없을 것이옵니다."

조후 분가주의 말이 맞기는 하다.

분가이지만 막부가 인정한 다이묘다. 그런 다이묘가 벌인 일을 본가에 책임을 물을 수는 없다. 물론 질책은 따르겠지만 석고를 삭감하는 정도에 지나지 않을 것이다.

그러나 지금은 아니다.

막부가 무너질 수도 있는 지금은 의심만으로도 가문을 멸문시킬 수 있었다. 그리고 그런 사정을 모를 리가 없는 조후 분가주가 전령을 잡아 두었다.

모리 가주가 한 사람을 바라봤다.

"이와쿠니(岩国) 분가의 생각은 어떠한가?"

이와쿠니 분가는 초대 분가주가 모리에서 깃카와(吉川)로 창씨했다.

개혁군주

초대 분가주인 깃카와 모토하루(吉川元春)는 불패의 명장이었다. 평생 일흔여섯 번의 전투를 벌여 예순네 번을 이기고 열두 번을 비겼다. 그러나 에도막부에 동조했다는 누명을 쓰는 바람에 그의 분가는 지금까지 정식 다이묘가 되지 못하고 있었다.

깃카와 쓰네히로(吉川経礼)가 눈을 빛냈다.

"저희는 거병에 찬성합니다. 그리고 거병을 하게 되면 과거의 불미한 치욕을 씻을 수 있도록 선봉의 기회를 주십시오."

다른 분가주도 거병에 동조했다.

모리 가주가 한동안 눈을 감고 고심했다. 그러던 그가 마침내 결정했다

"좋다. 모두의 생각이 같으니 우리 가문의 모든 용력을 모아 분투하자. 그리고 이와쿠니령(岩国領)은 정식으로 분가를 인정해 주겠다. 그러니 다이묘로서 가문의 깃발을 내걸고 선봉을 맡아 달라."

깃카와 쓰네히로의 표정에 순간 만감이 교차했다. 본가의 반대로 무려 200여 년을 다이묘가 되지 못한 한이 일순간 녹아내렸다.

그가 급히 몸을 숙이며 소리쳤다.

"감사합니다, 주군! 초대 분가주님의 명성에 누가 되지 않도록 목숨을 걸고 임전하겠습니다!"

이어서 다른 두 명의 분가주도 다짐했다.

모리 가주도 실제는 거병을 마음먹고 있었다. 그러나 분가주의 도움 없는 거병은 필패였기에 그들의 마음을 확인해 보고 싶었다.

모두의 마음이 하나로 모이자 분위기가 후끈 달아올랐다. 그러나 한 가지 아쉬운 부분을 모리 가주가 지적하고 나섰다.

"우리 가문만으로는 부족하다. 에도막부를 굴복시키기 위해서는 다른 가문의 지지가 필요하니 이 점에 대해 논의해 보자."

이때, 조후 분가주가 놀라운 발언을 했다.

"주군, 말씀드리지 못한 일이 하나 더 있습니다."

모리 가주의 가슴이 덜컥 내려앉았다.

그는 잠깐 머뭇거리다 조심스럽게 질문했다.

"혹시 한국과 관련된 일이냐?"

"그러하옵니다."

모리 가주의 안색이 변했다.

그런 가주를 보면서 조후 분가주가 사정을 설명했다.

"에도에 포격이 있고 얼마 지나지 않아 분가의 가신이 놀라운 말을 전했습니다. 한국에서 파견된 밀사가 저를 만나고 싶다고요."

"그래서 만났다?"

"처음에는 바로 물리쳤습니다. 지금 같은 시기에는 에도막부의 의심만 받아도 멸문될 수 있다고 하면서요. 그러자

개혁군주

가신이 읍소했습니다. 절대 가문의 누가 되지 않을 것이니 한번 만나 보라고요. 만일 제가 밀사를 내치면 그 죄로 자신이 할복하겠다는 약속까지 하면서요."

모리 가주가 고개를 저었다.

"그렇게 나오면 만나지 않을 수 없다. 가신이 죽기를 각오하며 하는 진언을 받아들이지 않으면 주군의 자격이 없지."

"예. 그래서 고심 끝에 만나기로 했습니다. 그렇게 해서 만난 한국 밀사가 오늘과 같은 상황을 설명했습니다. 그러고는 모리 가문이 선택하라고 했습니다."

"자신들에게 동조하란 말을 했겠지."

"그렇습니다. 그러면서 선택하지 않겠다면 다른 지역과 마찬가지로 초토화 전략을 시행하겠다고 했습니다. 그러고는 계획대로 병력을 조후 방면으로 상륙시켜 혼슈 전체를 박살 내겠다는 말도 했고요."

모리 가주가 언성을 높였다.

"그깟 엄포에 넘어갔다는 말인가?"

"그렇지 않습니다. 아직 알려지지 않았지만, 규슈 상륙과 때를 같이해 북해도에도 3만의 병력이 상륙했다고 합니다. 오키나와의 유구에도 2만 병력이 상륙했고요. 그리고 한국 본토에는 20만 병력이 대기하고 있다고 했습니다."

모리 가주의 눈이 커졌다.

"20만 병력이 더 있다고?"

"그러하옵니다. 저는 20만이란 말에 머리가 어지럽고 등줄기에 소름이 돋았습니다. 그리고 그 많은 병력이 상륙하고, 엄청난 화력의 수군에 공략당한 우리 영지를 상상하니 다른 마음을 먹을 수조차 없었사옵니다."

아무도 말을 못 했다.

"그리고 그런 저의 예상은 혼슈에서 사실로 드러났습니다. 한국은 혼슈 공략에 5만의 병력을 동원했다고 합니다. 그런데 수군의 포격만으로 52만 석의 후쿠오카가 하루 만에 결딴이 났습니다. 그리고 이틀 만에 35만 석의 나베시마 가문의 사가성이 함락되었고요. 그것도 불과 2만의 병력만으로 그렇게 되었다고 합니다."

방 안의 침묵이 더 무거워졌다.

거론된 두 가문은 나름대로 세력이 강한 유력 가문이었다. 물론 모리 가문의 저력은 두 가문을 합친 것보다 컸지만, 그렇다고 완전히 압도할 정도는 아니었다.

조후 분가주의 말이 이어졌다.

"그래도 저는 한국의 제안을 바로 받아들이지 않았습니다. 주군께서 거병을 승인하지 않는다면 분가주로서 거기에 따를 수밖에 없었으니까요."

모리 가주가 놀랍게도 고개를 숙였다.

"고맙소. 위기에 충신이 나온다고, 조후 분가주도 그렇지만 다른 세 명의 분가주도 결정적인 순간에 힘을 모아 주었소이다. 나는 가주로서 이번 기회를 절대 놓치고 싶지 않소이다."

네 명의 분가주가 일제히 고개를 숙였다.

"현명한 결정이십니다."

모리 가주가 조후 분가주를 바라봤다.

"한국의 밀사를 만나 보고 싶은데 어떻게 하면 좋겠소?"

"그렇지 않아도 야마구치 밖에서 분가의 가신들과 기다리고 있습니다. 가주께서 승인하시면 바로 데리고 올 수 있습니다."

"좋소. 우리 모두 운명 공동체이니 함께 만나는 것이 좋겠소. 그러니 지금 데리고 오시오."

"예, 주군."

잠시 후.

조후 분가주가 두 명의 밀사를 데리고 왔다.

"인사드리겠습니다. 본관은 대한제국 외무성 일본과장 정원용이라고 합니다. 그리고 여기 이 사람은 대마도의 사무라이로 통역을 맡고 있습니다."

정원용은 일본어에 능통했다. 그럼에도 상징적인 의미로 대마도의 사무라이를 통역으로 대동했다.

모리 가주의 눈이 커졌다.

"이자가 대마도의 사무라이라고요?"

"그렇습니다. 대마도는 이미 반년 전에 도주 이하 모든 도민이 본국에 귀화했습니다."

모든 사람이 크게 놀랐다.

"아! 그렇습니까?"

조후 분가주가 나섰다.

"주군, 한국의 특사께서 주군께 제안할 말이 있다고 합니다. 그러니 그 제안부터 들어 보시지요."

"그렇게 합시다."

정원용이 모리 가주를 바라봤다.

"모리 가문은 이번 기회에 석년(昔年)의 빚을 막부로부터 받아 내야 하지 않습니까? 만일 그런 생각을 갖고 있다면 우리 대한제국은 전적으로 도와드릴 용의가 있습니다."

모리 가주도 대한제국의 제안을 대강은 짐작하고 있었다. 그런데도 정원용으로부터 직접 제안을 들으니 기분이 남달랐다.

모리 가주가 한숨을 내쉬었다.

"후! 귀국은 과거 군사력이 우리보다 많이 부족했던 것으로 알고 있었습니다. 그런 귀국의 밀사로부터 이러한 제안을 들을 거라고는 솔직히 생각도 못 했습니다."

정원용이 설명했다.

"우리 대한제국은 그동안 절치부심해 왔습니다. 그래서 위로는 황제 폐하부터 아래로는 일개 신민에 이르기까지 한 마음 한뜻으로 몇십 년을 노력했지요. 그래서 북방 고토를 수복하고 청국의 항복을 받아 냈으며, 이제 일본에 왜란의 책임을 물을 정도가 되었지요."

절치부심이란 말을 들은 모리 가주는 등골이 서늘해졌다. 그럴 수밖에 없는 것이 모리 가문도 왜란의 원죄에서 벗어날 수 없었기 때문이다.

모리 가주가 그 점을 지적했다.

"우리 모리 가문도 당시 참전했었습니다. 그런 우리에게 도움을 주는 연유가 무엇인지요."

"모리 가문이 에도막부와 가장 큰 은원이 있었기 때문이지요. 그리고 일본이 본국처럼 중앙집권 국가였다면 이런 제안을 하지도 않았을 겁니다."

모리 가주도 동의했다.

"맞습니다. 우리 일본은 이름만 하나지, 실제는 300여 개의 나라가 모인 것이나 다름없습니다."

"우리가 조사한 바에 따르면 귀 가문의 석고가 실제는 100만 석이 넘더군요. 그것도 단순히 농업만 육성한 것이 아니라 다양한 전매사업을 벌여 왔더군요. 그런 사업을 권장해 온 가주의 능력과 가문의 경제력을 감안한 선택입니다."

모리 가주가 크게 놀랐다.

"이럴 수가! 열도에서도 모르는 우리 가문의 사업을 한국이 알고 있다니요. 밀사에게 말을 듣고도 믿을 수가 없군요.

대체 우리 가문의 내밀한 정보는 어떻게 입수하신 겁니까?"

정원용이 에둘렀다.

"우리 대한제국은 오래전부터 일본에 대해 많은 조사를 해왔습니다. 그런 조사가 축적되면서 양질의 정보를 얻을 수 있었지요."

"허허! 대단합니다. 참으로 대단해요."

조후 분가주가 나섰다.

"귀국이 철저하게 준비해 왔다는 사실은 우리 주군께서도 아셨습니다. 그러면 이제 본격적인 문제를 논의해야 할 때라 생각합니다."

"그렇게 하시지요."

모리 가주가 나섰다.

"귀국이 밀사까지 파견했다는 건 말로만 돕는 게 아니라는 뜻으로 생각합니다. 그러니 무엇을 어떻게 도와주실 것인지를 먼저 말씀해 주십시오. 그리고 지원 대가로 무엇을 원하는지도 분명히 말씀해 주셨으면 합니다."

정원용이 고개를 끄덕였다.

"맞습니다. 우리 대한제국은 모리 가문이 막부를 압도할 수 있는 화력을 지원해 주려고 합니다."

모리 가주의 눈이 커졌다.

"무기를 지원해 준다는 말씀입니까?"

"그렇습니다. 우리는 송나라의 독립을 지원해 주었던 적이 있지요. 그때 지원한 것과 똑같은 신형 소총을 지원해 주려고 합니다."

조후 분가주가 조심스럽게 질문했다.

"송을 지원할 때 무상으로 했습니까?"

정원용이 고개를 저었다.

"당연히 유상이지요. 가주들께서는 소총의 가격이 얼마인지 잘 아시지 않습니까?"

조후 분가주가 고개를 끄덕였다.

"고가의 소총이니 무상 지원은 아니었군요."

"그렇습니다. 무기 대금도 받고 지원의 대가로 대만과 상해 지역도 넘겨받았습니다."

순간 조후 분가주의 머릿속이 복잡해졌다.

"그러면 우리에게는 어떤 대가를 받으시려는 겁니까?"

정원용이 대답을 미뤘다.

"우선 지원 규모부터 말씀드리지요. 귀 가문이 원하면 5만 정까지 지원해 줄 생각입니다. 총탄을 비롯한 소모품까지 함께요."

가주들이 술렁였다.

모리 가주의 눈이 커졌다.

"그렇게 많은 지원을 해 주신다고요?"

"그렇습니다. 그리고 손으로 던지는 폭탄인 수류탄도 1만 발을 지원할 계획입니다. 이 정도 화력이라면 막부의 수십만 병력과 맞싸워도 결코 밀리지 않을 것입니다."

"으음! 소총의 위력이 어느 정도인지 몰라 확신이 서지 않는군요."

"그럴 거 같아서 소총 몇 정을 가져왔습니다."

대마도 사무라이가 밖으로 나가 소총 상자를 가지고 들어왔다. 모리 가주와 분가주들은 상자를 열고 소총을 집어 들었다.

모리 가주가 대번에 알아봤다.

"오! 이 소총은 우리가 갖고 있는 조총과 작동 방식부터 다르군요."

"맞습니다. 가장 큰 특징은 화승이 필요 없다는 점이지요."

정원용이 소총의 제원을 설명했다.

그것을 들은 모리 가주가 크게 만족해했다.

"대단합니다. 밀사의 말씀대로 이 소총이라면 일당백의 효과를 거둘 수 있겠습니다."

정원용이 권했다.

"시험 사격을 해 보시지요. 그러면 관통력과 사거리 등의 소총 성능을 확실하게 알 수 있을 겁니다."

모리 가주가 고개를 저었다.

"아니, 되었습니다. 이런 일을 갖고 거짓을 말한다는 건 있을 수 없지요. 그보다 귀국의 지원에 대한 대가를 알고 싶습니다."

개혁군주

정원용이 한 통의 서류를 건넸다.

"본국의 요구 사항을 정리한 서류입니다."

모리 가주가 서류를 펼쳤다. 그런 그의 안색이 대번에 변했다

"규슈를 넘겨 달라니요? 거기다 북해도까지요?"

"그렇습니다. 북해도와 규슈는 이미 아군이 상륙해 작전을 벌이고 있는 지역입니다. 그리고 솔직히 말씀드리면 규슈는 완전히 초토화할 예정입니다."

"그럴 이유라도 있습니까?"

"규슈는 오래전부터 본국과 여러 악연이 많은 지역입니다. 왜구의 온상이어서 본국에 엄청난 피해를 입혀 왔지요. 임진왜란 당시 악랄한 짓을 한 무장의 후손들이 다이묘인 지역이고요. 그리고 수많은 우리 백성들을 잡아가 돌려주지 않기도 했고요. 그런 백성 중 도공이 많다는 것은 가주들도 잘 아실 겁니다."

가주들이 침묵했다. 모리 가주도 바로 반박을 못 하고 침묵하다 겨우 입을 열었다

"아무리 그렇다고 해도 규슈를 넘겨 달라는 건 너무 지나친 요구입니다."

정원용이 딱 잘랐다.

"우리 요구가 무리라고 생각된다면 하지 않아도 됩니다. 그러면 우리는 준비한 병력을 시모노세키로 상륙시켜 혼슈

까지 점령해 버릴 겁니다. 모리 가주께서 그걸 바라신다면 우리는 언제라도 그렇게 할 용의가 있습니다."

모리 가주의 안색이 창백해졌다.

"⋯⋯."

"우리의 본래 계획은 이렇지 않았습니다. 규슈와 혼슈 모두 병력을 상륙시켜 열도를 접수하려고 했습니다. 그러면서 초원의 방식으로 전투하려 했고요."

"⋯⋯초원의 방식이 무엇입니까?"

"초원에서는 반항하면 철저하게 몰살합니다. 열도에는 300개에 가까운 다이묘가 있다 들었습니다. 그 다이묘 중 초원의 방식대로 한다면 과연 얼마나 살아날까요?"

"⋯⋯일본의 모든 백성을 몰살할 수는 없습니다."

정원용이 고개를 저었다.

"우리는 일반 백성은 상대하지 않습니다. 우리는 오로지 무기를 든 자들만 상대합니다. 최하 아시가루 이상이란 말이지요. 일본 전역에 그런 사람이 얼마나 되겠습니까? 500만? 1천만?"

정원용이 고개를 저었다.

"의외로 많지 않습니다. 혼슈의 1/3 정도를 장악하고 있는 에도막부 직할 병력이라고 해봐야 10여 만입니다. 그리고 다른 다이묘들을 합해 봐야 100만에서 200만 정도겠지요. 그 정도는 대기하고 있는 우리 병력만으로도 충분히 상대하고

개혁군주

남습니다."

정원용은 음성은 별로 크지 않았다. 그럼에도 한마디 한마디가 모리 가주에게는 우레처럼 크게 들렸다.

"......."

모리 가주는 눈을 질끈 감았다.

모리 가주는 이미 태평양함대의 위력을 들어서 알고 있었다. 그런 수군과 막강한 육군이 동시에 공격하는 상상만 해도 몸이 떨려 왔다.

조후 분가주가 나섰다.

"우리 가문이 막부를 무너트리고 새로운 쇼군이 되라는 말입니까?"

정원용이 고개를 저었다.

"그건 알아서 하세요. 모리 가문이 우리의 요구를 받아들인다면 우리는 혼슈에 대해서는 일체 간섭하지 않을 겁니다. 모리 가문의 요청이 없다면 파병도 하지 않을 것이고요."

"아! 그렇습니까?"

"예. 그래야 명분이 설 테니까요."

"그래도 귀국과 손잡았다는 것은 두고두고 문제가 되지 않겠습니까?"

"그러니 잘 판단하시라는 겁니다. 지금 상황에서 막부를 무너트리고 쇼군이 된다면 상당한 문제가 될 겁니다. 우리의 예상으로는 대대적인 반발에 직면할 가능성이 크고요."

"······그러면 우리가 어찌하면 좋겠습니까?"

"구태여 타도 대상이 될 필요가 있을까요?"

조후 분가주가 어리둥절해했다.

"타도대상이 아니면 무엇을 하란 말씀입니까?"

"과거를 돌아보면 막부 쇼군이 아니더라도 실권을 장악했던 가문이 있었던 것으로 압니다."

"아!"

"제가 알기고 일본에는 관백(關白)이란 관직이 있다고 들었습니다."

"우리 주군께서 관백이 되란 말씀입니까?"

정원용이 고개를 저었다.

"선택은 모리 가문이 하셔야지요. 나는 그저 그런 직책이 있다는 것을 말씀드리는 겁니다."

조후 분가주가 대번에 알아들었다.

"지금 쇼군을 폐위하고 나이 어린 쇼군을 앉히라는 말씀이군요. 그런 뒤에 우리 주군께서 관백에 등극하셔서 배후 통치를 하시고요."

정원용이 슬며시 웃었다.

"모리 가주가 쇼군이 되면 이번 전쟁의 원흉이 될 수도 있습니다. 그러면 허울뿐인 자리 때문에 가문 전체가 위태로울 수가 있습니다. 그럴 바에야 허수아비 쇼군을 내세운 뒤 장막 뒤에서 막부를 장악하세요. 그리고서 막부의 힘을 무력화하는 작업을 대대적으로 실시하는 겁니다."

정원용이 이런저런 조언을 해 주었다. 그런 조언을 묵묵히 듣던 모리 가주는 한동안 고심했다.

그러던 그가 고개를 들었다.

교토의 충혼탑

　그가 정원용이 건넨 서류를 들었다.

　"여기에 적힌 내용 이외의 다른 조건은 없습니까?"

　"그렇습니다."

　"여기에는 지원하신 무기 대금에 대한 언급이 없습니다. 그건 어떻게 처리하실 것입니까?"

　정원용이 놀라운 제안을 했다.

　"막부를 장악한 뒤 대대적인 이민 정책을 시행해 주세요. 특히 모리 가문과 사이가 좋지 않은 다이묘의 주민들을 우선적으로요. 그리고 일본에는 천민 계급이 있는 것으로 압니다."

　"부라쿠민(部落民)들 말입니까?"

　"그래요. 그들은 일본 사회에서 거의 논외의 대상이더군요. 그런 주민들도 할 수 있으면 모조리 이민을 보내 주세요."

"이민자들만 보내면 됩니까?"

"숫자가 문제겠지요."

"숫자는 걱정하지 않아도 됩니다. 원한다면 수백만도 보내 드릴 수 있습니다."

"좋습니다. 그러면 100만 이상만 보내면 무기류 대금을 면제하는 것으로 하겠습니다."

"그렇게만 해 주신다면 더 바랄 게 없습니다."

"그러나 사무라이들은 보내 주면 안 됩니다."

모리 가주가 놀랐다.

"무슨 문제가 있습니까? 사무라이가 같이 가면 통제하기가 쉬울 텐데요."

정원용이 고개를 저었다.

"아닙니다. 대규모 이주에는 크고 작은 문제가 늘 발생합니다. 만일 사무라이들이 함께 오면 처음에는 쉽겠지만, 나중에는 주도해 조직적인 저항을 할 우려가 있습니다."

모리 가주가 대번에 알아들었다.

"온순하고 말 잘 듣는 사람만 받아들이겠다는 거로군요."

"그렇습니다."

"알겠습니다. 우리끼리 최종 협의가 필요하니 잠시 자리를 비켜 주셨으면 합니다."

"그렇게 하십니다."

정원용이 자리를 비우자 이들은 머리를 맞대고 협의에 들어갔다. 그러나 이미 결정은 난 것이나 다름없었기에 쉽게 의견이 하나로 모였다.

❀

이날 저녁.

정원용은 모리 가주와 네 명의 분가주가 참석한 가운데 협정을 체결했다. 처음에는 조금 주저했던 모리 가주는 막상 협정문을 작성하자 누구보다 적극적으로 의견을 개진했다.

협약을 마친 정원용은 극진한 호위를 받으며 시모노세키로 돌아갔다. 그리고 다음 날, 모리 가문에서는 십여 명의 전령이 각지로 흩어졌다.

이틀 만에 시모노세키에 도착한 정원용은 대기하고 있던 배를 타고 부산으로 넘어갔다.

황제가 그의 귀환을 크게 반겼다.

"어서 와, 정 과장. 적진을 다녀오느라 고생이 많았어."

"아닙니다. 갈 때는 조금 불안했었는데, 올 때는 호위까지 받아 가며 편하게 왔습니다."

"모리 가문과의 협의가 잘되었나 보구나."

"다행히 우리의 제안을 저들이 모두 수락했사옵니다."

정원용이 협의문을 공손히 바쳤다.

"수고했다."

내용을 살피던 황제가 놀랐다.

"200만 명의 이주를 약속했구나."

"다이묘들을 무력화하려면 영지의 주민들을 이주시키는 것도 방법이라고 조언했습니다. 모리 가주가 대번에 수백만도 가능하다고 장담을 했고요. 그래서 조율 끝에 그렇게 정했사옵니다만, 아마도 훨씬 많은 사람을 받아들일 수 있을 것으로 보입니다."

황제가 의아해했다.

"200만도 행하기 어려운 숫자다. 그럼에도 모리 가주가 동의했다는 것이 이상하구나."

"그 대신 요구 조건이 있었습니다."

"그게 무엇이지?"

"저는 100만 정도만 해도 충분하다고 했습니다. 그런데 모리 가주는 그 이상의 주민을 보낼 터이니 열도에 포격을 한번 더 해 달라고 했습니다. 특히 에도와 그 일대를 집중적으로 부탁했습니다. 단, 오사카와 그 일대를 제외하고요. 그렇게 해 준다면 자신이 책임지고 200만 이상을 이주시키겠다고 약속했습니다."

황제가 모리 가주의 내심을 짐작했다.

"에도막부를 회복 불능으로 만들면서 열도의 민심을 얻으려는 것이구나."

개혁군주

"예. 오사카 상인들만 도와준다면 열도 제패도 결코 어렵지 않다고 했습니다."

백동수가 거들었다.

"어느 나라든 전비 마련이 최우선이지요."

"그렇지요. 대륙 왕조도 상인들의 지지를 얻어야 하듯 일본도 마찬가지인가 봅니다."

정원용이 설명했다.

"에도막부는 오사카 상인들의 성세를 누르기 위해 에도 상인들을 일부러 키워 준다고 합니다. 그런 막부의 조치 때문에 오사카 상인들은 에도막부에 불만이 많다고 했습니다."

"그런 상황을 이용하겠다는 거로구나."

"예. 모리 가문은 오사카의 유력 상인들과 상당한 친교를 맺어 왔다고 합니다. 그래서 다른 다이묘들을 끌어들일 때 오사카 상인들도 포섭하겠다는 말을 했사옵니다."

"우리로서는 나쁘지 않은 제안이다. 열도가 초토화될수록 경제 예속화는 더 커질 것이다."

"저도 그렇게 생각했사옵니다."

"우리 문화재 회수에 대해서는 이견이 없더냐?"

"없었습니다. 이번 전쟁이 왜란의 책임을 묻기 위함임을 저들도 잘 알고 있사옵니다. 그래서 사죄의 일환으로 약탈한 문화재의 환수에 적극 협조하기로 했사옵니다. 아울러 교토의 이총(耳塚) 환국과 충혼탑 건립도 무조건 협조하기로 했습니다. 그러나 한 가지, 도요토미 히데요시의 처분만큼은 양해해 달라고 했습니다."

황제가 아쉬워했다.

"으음! 역시 그 일은 동의하지 않았구나."

"예. 모리 가문 자체가 도요토미를 모셨던 전력이 있습니다. 그리고 도요토미 히데요시는 일왕으로부터 신으로 추앙받았다고 합니다. 물론 뒤에 에도막부가 신호를 폐지했지만, 여전히 신으로 모시는 사람이 많다고 합니다."

황제는 아쉬웠다. 그러나 어려울 것이란 예상은 처음부터 한 일이어서 더 미련을 갖지 않았다.

"어쩔 수 없지. 모리 가주의 제안을 받아들이겠다. 국방대신께서는 태평양함대에 보급품을 보낼 때 이런 상황도 같이 전달해 주세요."

"알겠습니다."

정원용이 뭔가 질문을 하려다 말았다.

그런 모습을 본 황제가 봤다.

"정 과장이 할 말이 있나 본데, 그게 뭐지?"

"저는 군을 잘 모르지만, 수군이 한 달 이상 항해하면 아주 힘들어한다고 들었습니다. 그런데 태평양함대가 이번 임무까지 완수하려면 세 달 가까이 걸리게 되는데, 문제가 되지 않겠습니까?"

황제가 웃었다.

"하하! 당연히 문제가 되지. 그러나 다른 함대를 보낸다고 태평양함대에 복귀 명령을 내린다면 그게 더 문제가 될 거야."

백동수가 거들었다.

"맞습니다. 수군에게 이번과 같은 해전은 두 번 다시 일어나지 않을 겁니다. 더구나 일본을 포격하는 일인데 누구도 힘들다는 생각을 않을 겁니다."

정원용의 머릿속이 번쩍했다.

"아! 그럴 수도 있겠습니다. 다른 나라가 아닌 일본이어서 장병들의 마음가짐도 남다르겠습니다."

황제가 설명했다.

"사람은 때로는 능력 이상의 괴력을 발휘할 때가 있어. 태평양함대에 병사들의 피로를 이유로 복귀 명령을 내린다면 그들은 평생 짐을 원망하게 될 거야. 그러니 이번 임무만큼은 그들에게 맡겨 주는 게 좋아. 아! 이런 짐의 생각도 태평양함대에 전달해 주는 것이 좋겠지요."

백동수가 적극 동조했다.

"물론입니다. 아마도 함대 장병 모두 폐하의 황은에 감읍할 것이옵니다."

정원용이 탄성을 터트렸다.

"아! 맞습니다. 제가 태평양함대 장병이라도 역사에 남을 공적을 절대 다른 함대에 넘기려 하지 않겠습니다."

"맞아. 더구나 열도에는 수군이 없는 거나 마찬가지니 더 그런 생각을 할 거야."

⁂

황제의 예상은 맞았다.

보급선으로부터 상황을 전달받은 오형인은 크게 감격했다. 그는 함대 전체에 황제의 배려를 전했으며, 소식을 들은 장병들은 한동안 환호했다.

모리 가문과 협정을 체결한 대한제국은 빠르게 움직였다. 정원용이 귀환한 다음 날, 대마도에 대기하고 있던 수송선이 시모노세키로 떠났다.

화기를 인수한 모리 가문은 기존에 징병한 병력의 무장을 전면 교체했다. 그러고는 새로운 무기를 숙달시키기 위한 훈련에 들어갔다.

에도막부는 간자를 풀어 다이묘들의 동향을 늘 감시해 왔다. 그러기 때문에 모든 다이묘의 움직임은 곧바로 막부로 전해졌다.

모리 가문의 움직임도 당연히 막부에 보고되었다. 그러나 이러한 움직임을 막부는 자신들의 지시에 따른 행동으로 오인했다.

이 와중에 2차 포격이 이어졌다.

에도와 그 일대는 아직 1차 포격도 거의 수습 못한 상태였다. 그런 상황에서 처음보다 더 맹렬한 2차 포격이 이어진 것이다.

두 번의 포격으로 에도와 그 주변은 거의 초토화되었다.

막부 지휘부는 공황상태에 빠져 버렸다.

쇼군은 1차 포격 당시 다행히 화를 면하고 에도를 빠져나가 피신해 있었다. 그러나 에도성이 전소되면서 수많은 희생자가 나왔다. 다이묘의 저택도 대부분 포격으로 전소되면서 희생자가 대거 발생했다.

이런 상황에 다시 포격당하면서 막부는 수습을 포기할 수밖에 없었다. 그만큼 피해는 극심했으며 인명 피해도 막대하게 발생했다.

2차 포격은 장마 기간이어서 1차와 같은 화재가 오래 이어지지는 않았다. 이 정도가 에도막부의 입장에서 위안이 될 정도였다.

본토에 비해 일본의 장마는 더 길고 더 많이 내린다. 그럼에도 침수 피해가 많지 않은 까닭은 열도가 화산 지대여서 배수가 용이하기 때문이다.

지긋지긋한 포격에 이은 장마로 열도가 축축하던 7월 하순.

혼슈 남쪽에서 날아온 소식으로 에도막부는 발칵 뒤집혔다.

쇼군의 고함이 천장을 뚫었다.

"무엇이! 모리 가문이 반란을 일으켰어?"

막부 노중 마쓰다이라가 몸을 숙였다.

"아뢰옵기 황공하오나 지난 5월부터 반란을 모의했다고 합니다."

"아니, 그동안 간자들은 무엇을 했단 말이더냐?"

"모리 가문의 징병을 막부의 지시에 따른 조치로 판단했다고 합니다. 실제로 그런 보고서를 보내왔고요."

쾅!

쇼군이 탁자를 내리쳤다.

"간악한 놈들이 절묘한 시기를 이용했구나."

"쇼군, 위기 상황입니다. 지금 당장 병력을 동원해 반란군을 반드시 처단해야 합니다. 그러지 않으면 이런 어수선한 시기를 오판하는 다이묘들이 속출할 우려가 있사옵니다."

쇼군의 입에서 절로 한숨이 나왔다.

"하! 이거, 제대로 발목이 잡혔구나. 알겠다. 친위군은 물론 신판 다이묘들에게도 전령을 보내 최대한 빨리 병력을 집결시키도록 하라."

"알겠습니다."

반란 소식은 곧 사방으로 소문났다.

에도막부가 통치하면서 백성들의 크고 작은 봉기가 몇 차례 있기는 했다. 그러나 다이묘가 주동이 된 대규모 봉기는 에도막부가 들어선 이래 이번이 처음이었다.

그런데 모리 가문이 주동이라고 한다.

다이묘들은 모리 가문과 에도막부와의 은원을 알고 있었

다. 그랬기에 모리 가문의 거병을 가볍게 보지 않았다.

다이묘들은 어려운 가운데에도 온 사방으로 사람을 풀었다. 그리고 작은 정보라도 얻으려고 혈안이 되었다.

이런 다이묘 중 일부에게 모리 가문의 전령이 은밀히 스며들었다. 에도막부는 최대한 신속하게 움직이며 병력을 모았다.

그러나 막부의 위기는 이게 전부가 아니었다.

쇼군은 연이어 들려오는 소식에 망연자실했다.

"지, 지금 뭐라고 했느냐? 규슈가 어떤 상황에 처해 있다고?"

막부 노중이 피를 토하듯 보고했다.

"쇼군! 지난 몇 개월 동안 한국군이 규슈의 절반 이상을 점령했다고 하옵니다!"

쾅!

쇼군이 대노했다.

"이게 말이 되는 소리냐? 규슈가 그 지경이 되도록 도대체 왜 전령도 보내지 않았던 거야!"

"아마도 모리 가문이 전령을 전부 차단한 거 같습니다. 세토내해에는 몇 개월 전부터 한국 함대가 선박의 통행을 막고 있었고요."

쇼군이 탄식했다.

"아아! 우리가 오판했구나. 우리는 한국 수군이 세토내해의 통행을 막아 내정을 어지럽히는 것으로만 생각했는데, 실상은 그게 아니었어."

탄식하던 쇼군이 확인했다.

"전령은 어디서 보낸 것이더냐?"

"시마즈 가문에서 보냈습니다."

"규슈의 전황은 어떠하다고 하느냐?"

"최악이라고 하옵니다. 한국군은 육군과 수군이 합동으로 규슈의 영지들을 차례로 공략하고 있다고 하옵니다. 난공불락으로 소문났던 구마모토성도 완전히 초토화되었고요. 그 병력이 넘어오면 시마즈도 얼마 버티지 못할 거라면서 하루빨리 지원군을 보내 달라고 했습니다."

쇼군이 난감해했다.

"하아! 불행은 하나만 오지 않는다고 하더니, 그 말이 사실이었구나. 그런데 혼슈 남부의 모리 가문이 반란을 일으켰는데 어떻게 지원군을 보낸단 말이냐?"

바로 이때였다.

시마즈 가문의 전대 영주가 황급히 들어왔다. 안으로 들어온 시마즈 시게히데(島津重豪)가 쇼군에게 부복하며 절규했다.

"쇼군! 가문이 위중지경에 처했다고 하옵니다! 부디 막부에서 병력을 지원해 주십시오! 그러지 않으면 우리 가문은 이번 위기를 넘기기 어려울 것이옵니다!"

쇼군이 한숨을 내쉬었다.

"후우! 장인어른, 나도 규슈에 대한 소식은 방금 소식을 들었습니다. 그런데 모리 가문이 반란을 일으키는 바람에 지금 당장 지원 병력을 보낼 방도가 없어졌어요."

시마즈 시게히데의 딸이 쇼군의 정실부인이다. 그래서 시마즈 전대 가주는 쇼군의 장인으로 상당한 영향력을 행사해 오고 있었다.

시마즈 시게히데가 간청했다.

"쇼군! 세토내해와 시코쿠를 통해 지원하면 되지 않겠사옵니까? 부디 소인 가문의 영지를 버리지 말아 주십시오!"

쇼군은 난감했다.

다른 사람이었다면 냉정히 외면하면 된다. 그러나 장인이고, 정치적 입지도 상당한 그의 요청을 외면하기도 어려웠다.

쇼군은 시마즈 전대 영주에게 사정을 설명했다. 그러나 당장 자신의 가문이 결딴나게 생긴 그는 한사코 매달리며 살려달라고 간청했다.

이런 상황이 한동안 이어졌다. 그러자 상황을 보다 못한 막부 노중이 중재하고 나섰다.

"쇼군, 급한 대로 우리 병력 일부를 돌려 지원해 주시지요. 그리고서 시코쿠의 다이묘들에게 규슈를 지원하라는 명을 내리시면 몇만은 동원할 수 있을 것이옵니다."

"모리 가문이 반란을 일으켰는데 어떻게 막부 병력을 내려보내자는 건가? 더구나 세토내해는 한국 수군이 장악해 있잖아."

"한국 수군은 규슈 방면에 포진되어 있습니다. 오사카에서 아와지(淡路)섬을 이용해 시코쿠로 넘어간다면 저들의 눈을 피할 가능성이 높습니다."

섬을 이용해 바다를 두 번이나 넘자는 말이다.

그 말을 들은 쇼군이 크게 탄식했다.

"아아! 참으로 안타깝구나. 이런 시기에 우리도 수군이 있었다면 이렇게 무참한 꼴을 당하지 않았을 터인데."

쇼군은 수군을 양성하지 못한 것을 뼈저리게 후회했다. 그러나 수군 양성을 막은 것은 에도막부여서 쓸데없는 탄식에 불과했다.

막부 노중이 거듭 나섰다.

"쇼군, 막부의 병력 지원 없이 시코쿠 병력만 보낼 수는 없사옵니다. 그리되면 시코쿠의 다이묘들이 반발할 수도 있고요. 하오니 5천 정도를 보내고 나머지 병력은 시코쿠에서 징병하면 그래도 명분이 설 것입니다."

쇼군이 기가 찬 표정을 지었다.

"다이묘들이 감히 내 명을 거역한다고?"

"거역은 하지 않겠지요. 허나 지금은 얼마나 빨리 지원병을 보내느냐가 무엇보다 중요하옵니다. 하오니 통촉해 주십시오."

고심하던 쇼군이 승인했다.

"좋다. 그렇게 하라."

시마즈 전대 영주가 흐느꼈다.

"쇼군, 백골난망이옵니다. 소인은 오늘의 이 은혜를 죽어서라도 잊지 않겠사옵니다."

"되었으니 그만 물러가세요."

"황공하옵니다."

시마즈 전대 영주가 몇 번 사은하며 물러갔다.

그가 나가자 쇼군이 깊게 침음했다.

"으음! 큰일이구나. 만일 규슈가 한국에 넘어간다면 상황은 최악이 아닌가."

"그도 그렇지만 이제 장마가 끝났습니다. 이러한 시기에 한국 수군이 다시 포격을 가해 온다면 그게 더 감당하기 어려운 일이옵니다."

쇼군이 이를 갈았다.

"나라가 누란의 위기에 처했는데 반란을 일으키다니. 모리 가문만큼은 절대 용서할 수 없다. 천령의 모든 병력을 긁어모아서라도 반드시 모리 가문을 멸문시키고 말 것이다."

천령(天領)은 에도막부의 직할 영지를 말한다.

에도막부는 고케닌(御家人) 이상의 사무라이만 1만 7천 명이 넘는다. 여기에 최하급 무사인 아시가루(足輕)의 숫자도 상당하다.

막부 노중 한 명이 우려했다.

"주군! 천병은 최후의 보루입니다. 아무리 전황이 위급해도 천병을 모두 내보낼 수는 없습니다. 지금은 모리 가문의 진군부터 막을 필요가 있사옵니다. 그러니 우선은 신판 다이묘 병력을 주축으로 토벌대를 꾸려서 저들의 진로부터 차단하시지요. 그러면서 대규모 병단을 꾸려 제압해야 합니다."

쇼군도 즉각 찬성했다.

"좋다. 그렇게 하라."

막부는 규슈로 보낼 지원군 편성을 서둘렀다.

대한제국은 나가사키에서 오사카 상인 몇 명을 포섭해 놓았다. 전쟁이 시작되면서 이들은 열도의 정보를 다양한 방법으로 전달해 왔다.

막부 움직임도 이들에 의해 부산으로 전해졌다.

황제가 보고를 받고 흡족해했다.

"아주 좋군요. 우리의 예상대로 진행되어 가고 있어요."

백동수가 대답했다.

"일부러 시마즈의 전령을 풀어 준 것이 주효했습니다. 이대로라면 시코쿠의 다이묘들도 모리 가문과 손잡을 가능성이 큽니다."

"규슈 정벌을 서두르지 않는 것이 좋겠네요. 에도막부가 포기를 못 하게끔 천천히 목줄을 죄어 나가도록 하세요."

"알겠습니다. 가고시마 일대만 놔두고 다른 지역부터 점령하려고 지시하겠습니다."

"그렇게 하세요. 그리고 유구를 점령한 수군과 해병대에 지시해 유구 왕국이 빼앗긴 아마미오 반도와 가고시마의 모든 군도를 점령하라고 하세요."

"유구 왕국은 어떻게 합니까?"

"당연히 본국의 속국으로 삼아야지요. 그리고 아마미오의 시마즈 사무라이와 일본인들을 체포해서 모조리 북방으로 올려보내세요."

"협상도 없이 포로를 삼으라는 말씀입니까?"

"그래요. 짐이 듣기로 시마즈 가문의 사무라이들은 외골수가 대부분이라고 하더군요. 그런 자들을 설득해서 포용하는 것보다 북방 오지에서 노역을 시키면서 그동안의 악행을 참회시키는 게 훨씬 좋습니다."

지금까지 황제는 순리로 일을 처리해 왔다. 그런 황제가 이번만큼은 너무도 단호해 사람들이 어리둥절해했다.

황제가 그 사정을 설명했다.

"시마즈가 강점한 아마미오는 흑설탕의 산지라고 하더군요. 그런 아마미오의 원주민들을 시마즈는 노예처럼 일을 시켜 왔다고 하더군요. 얼마나 일이 힘들면, 아이를 낳으면 고생시키지 않으려고 부모가 제 손으로 죽일 정도라고 합니다."

"그 정도로 혹독하게 다스렸사옵니까?"

"그뿐이 아니에요. 원주민 중에서 인물이 고운 여인은 성

노예로 잡아갔고요."

그 말에 백동수의 얼굴이 붉어졌다.

"그런 악행을 저지른 자들이라면 즉결 처분해도 할 말이 없겠습니다."

"그래요. 사정은 유구 왕국에 파견한 자들도 막상막하라고 하니 모조리 시베리아로 올려보내세요."

"그렇게 조치하겠습니다."

"그리고 규슈를 점령하면서 포로로 잡힌 사무라이들이 상당히 많을 겁니다. 그런 사무라이들에게 기회를 주겠다고 하세요."

백동수가 놀랐다.

"사무라이들에게 기회를 주라고요? 그건 폐하께서 추진해 오신 방침과 배치되지 않사옵니까?"

황제가 고개를 저었다.

"아니에요. 그들에게 기회를 주는 것이 모리 가문을 도와주는 겁니다. 일본에서는 모시던 다이묘가 죽으면 가신들은 낭사(浪士)가 된다고 합니다. 그런 낭사들은 다른 다이묘를 모시는 일이 보통이고요. 그러니 그들에게 모리 가문에 충성 맹세를 하고 참전의 기회를 주세요. 그러면 상당히 많은 사무라이가 지원할 겁니다. 하급 무사인 아시가루들에게도 마찬가지이고요."

백동수가 탄성을 터트렸다.

"이야! 참으로 기발한 발상이십니다! 갱생의 기회를 준다면 지원하지 않을 사무라이들이 없겠습니다!"

황제도 확신했다.

"그럴 겁니다. 거부하면 북방에서 포로로 평생 벌목공으로 살아야 한다는 사실을 알면 지원하지 않을 자가 없을 겁니다."

"규슈의 다이묘는 대마도를 제외하고도 서른다섯 명이나 됩니다. 이번 공략전에 상당한 사무라이들이 제거되겠지만, 적어도 수만의 사무라이와 아시가루가 남을 것입니다. 그들이 모리 가문을 지원한다면 병력이 부족한 모리 가문에 큰 도움이 되겠습니다."

"그렇지요. 모리 가문의 병력이 늘수록 전쟁은 그만큼 오래 지속됩니다. 그리되면 열도는 더 황폐해질 것이고요."

"이이제이라는 말이 딱 어울리옵니다."

황제가 크게 웃었다.

"하하하! 맞습니다. 이이제이가 맞아요."

백동수가 소회를 밝혔다.

"우리가 혼슈에 상륙하겠다는 계획을 변경한 것이 탁월한 결정 같습니다. 지금대로라면 규슈를 점령하는 것은 시간문제입니다. 혼슈는 모리 가문의 거병으로 이전투구가 시작되었고요. 일본 내전이 언제 끝날지 모르겠지만, 우리가 상륙했을 때보다는 전쟁이 오래 지속되지 않겠습니까?"

"그렇겠지요. 아니, 그렇게 되도록 모리 가문을 적당히 지원해야지요. 그러다 그들이 에도막부를 굴복시켜 열도를 장악하게 만들어야 합니다."

"포격을 감행할 필요는 없겠습니다."

"지금은 모리 가문을 위해서라도 하지 않는 게 좋아요. 그러나 모리 가문이 크게 밀리면 다시 생각해 봐야겠지요."

"그렇게 조치하겠습니다."

얼마 후.

막부 병력 5천 명이 시코쿠로 넘어왔다. 이 병력은 시코쿠의 14개 영지 병력 3만과 합세해 세토내해를 건너려 했다.

시코쿠는 강원도보다 조금 더 크다.

섬은 4개의 구니(国)로 나뉘어서 시코쿠(四国)로 불린다. 이런 시코쿠에서 가장 큰 영지를 보유한 가문은 도사(土佐)국의 야마우치(山內) 가문이다.

막부에서 원정 온 병력은 도사로 집결했다.

시코쿠도 태평양함대의 두 번에 걸친 포격으로 막대한 피해를 입었다. 그런 피해를 겪은 터라 야마우치 가문도 큰 어려움을 겪고 있었다. 그럼에도 가문이란 위상을 지키기 위해 출혈해서 출정을 준비했다.

그러나 출정은 시도조차 못 했다.

쾅! 쾅! 쾅! 쾅!

3함대가 병력이 집결한 때를 노려 대대적인 포격을 감행한 것이다.

이틀에 걸쳐 진행된 포격으로 인명 피해는 의외로 많지 않았다. 대한제국 함대를 본 일본 병사들이 산지사방으로 흩어졌기 때문이다. 그러나 야마우치 가문이 준비한 각종 군수물자가 모조리 잿더미가 되면서 출정은 수포로 돌아갔다.

이들의 시도는 여기서 끝나지 않았다.

군수물자가 잿더미가 되었다는 보고에도 막부는 거듭해서 출정을 요구했다. 야마우치 가주는 울며 겨자 먹기로 같은 시코쿠의 경쟁 가문에까지 도움을 요청하면서 출정을 다시 준비했다.

그러나 그런 출정 준비도 재차 감행된 포격에 수포로 돌아갔다. 상황이 이렇게 되자 막부도 출정을 다그칠 수가 없었다.

아니, 할 필요도 없었다.

가고시마의 시마즈 가문은 한때 규슈 대부분을 장악한 전력이 있다. 더구나 석고도 72만 석에 이를 정도로 가세가 엄청난 가문이다. 특히 모리 가문처럼 가신을 유난히 많이 거느리고 있는 가문이기도 하다.

이런 가문이 대한제국의 공격에 제대로 저항도 못 하고 무너졌다.

이렇게 된 데에는 이유가 있었다.

대한제국도 시마즈 가문의 전력이 상당하다는 사실을 알고 있었다. 그래서 다른 때보다 더 많은 준비를 했으며, 규슈원정병력 모두와 수군함대까지 동원해 양면 공격을 퍼부었다.

해병수색대의 활약이 결정적이었다.

시마즈 가문의 거성은 평지다. 그러나 전쟁이 벌어지면 뒷산의 산성으로 올라간다.

이 사실을 알고 있던 대한제국은 개전 초기 산성으로 무차별 포격을 감행했다. 사거리가 긴 함포 공격에 산성 대부분이 박살 났다. 그런 산성을 해병수색대가 기습 공격을 감행해 가주와 주요 가신들을 모조리 사살했다.

그 결과 전투는 하루도 되지 않아 끝났다. 구마모토성이 며칠 동안 항전하다 함락된 것에 비하면 너무도 허무한 결과였다.

물론 가고시마 전역을 정리하는 데에는 한 달여의 시간이 걸렸다. 그러나 이는 사족에 불과해서 시간이 걸렸을 뿐 아군 피해는 크지 않았다.

승전보는 곧바로 부산으로 보고되었다.

희망이라는 불씨

보고받은 황제는 크게 기뻐했다.

"하하하! 아주 잘되었습니다. 시기적절하게 해를 넘기지 않고 규슈를 장악했네요. 우리 장병들이 정말 큰일을 해냈습니다."

국정 보고를 위해 부산에 내려와 있던 외무상 이서구가 몸을 숙였다.

"하례드리옵니다. 드디어 폐하께서 수립하신 1차 계획이 달성되었사옵니다."

"모두가 장병들이 고생한 덕분이지요. 그런데 아바마마께서 요양에 행차하셨다고요."

"예. 폐하께서 부산에 오래 계시니 국정이 걱정되셨나 보옵니다. 그래서 지난달부터 요양에서 국정을 챙기고 계시옵니다."

"고마운 일이네요."

"하오나 태황제 폐하께서는 폐하께 해를 넘기지 말고 귀경하라고 하셨사옵니다. 일본 공략도 중요하지만, 천자가 자금성을 너무 오래 비우는 건 국태민안에 좋지 않다고 하시면서요."

황제도 인정했다.

"맞는 말입니다. 부산에 온 지 반년이 넘었으니 오래되기는 했지요. 규수도 점령되었다고 하니 일간 정리해서 올라가야겠습니다."

"잘 생각하셨습니다."

황제는 며칠 동안 많은 일을 처리했다.

군정 업무를 보좌할 실무진이 대거 규슈로 넘어갔다. 이어서 문화재 환수 등과 같은 민간 업무를 처리할 인력도 규슈로 넘어갔다.

황제는 이들이 차례로 넘어간 것을 확인하고는 기차에 올랐다. 그리고 이틀 후, 요양에 도착한 황제가 태황제를 알현했다.

태황제는 별궁에 머무르고 있었다.

"아바마마, 소자, 문후 여쭈옵니다."

황제가 큰절을 올렸다.

태황제는 흐뭇한 표정으로 황제의 절을 받았다.

"고생이 많았다. 규슈를 점령했다는 보고를 받아서 짐도 기쁘기 한량없구나."

"예. 모두가 합심 노력한 덕분에 다행히 해를 넘기지 않았사옵니다."

태황제가 질문했다.

"그런데 짐은 규슈 백성을 보면서 이상한 생각이 들었다. 우리는 외적이 침략해 오면 의병이 결성되어 싸운다. 그런 의병은 종종 관군보다 더 큰 활약을 펼치기도 한다. 임진왜란이 그 대표적인 예라고 할 수 있지. 그런데 일본에서는 의병이 일어났다는 보고를 한 번도 받지 못했는데, 일부러 보고하지 않은 것이냐?"

"그렇지 않사옵니다. 일본은 구조적으로 의병이 일어날 수 없는 사회입니다."

"그게 무슨 말이더냐, 의병이 일어날 수 없는 사회라니?"

"일본의 백성들은 우리 백성들의 삶과는 완전히 다릅니다. 그들은 철저하게 억압된 삶을 살고 있다 보니 거의 길들여졌다고 해도 과언이 아닙니다."

"허어! 더 이해가 되지 않는구나. 어떻게 모든 백성을 길들인단 말이냐?"

황제가 상황을 설명했다.

"일본은 신분제도가 워낙 철저합니다. 그래서 일반 백성이 우리의 양반격인 사무라이가 된다는 건 거의 불가능합니다. 물론 예외적인 경우도 없지는 않지만 극히 드뭅니다. 거기다 상명하복도 철저할뿐더러 항명은 아예 생각조차 못 하는 구조입니다. 일반 백성은 더 그러해서 농노나 같다는 말이 그래서 나온 것입니다."

태황제가 고개를 저었다.

"짐은 믿을 수가 없구나. 아무리 그렇다고 해도 자신들의 고향이 적군에 짓밟혔으면 저항하는 것이 당연하지 않겠느냐?"

황제가 고개를 저었다.

"그렇지 않습니다. 일본에서 전쟁이 벌어지면 일반 백성들은 모두 주변 산지로 도주합니다. 침략하는 쪽도 일반 백성은 건드리지 않습니다. 자신들이 승리하면 그들을 다스려야 하니까요."

"그러면 일본 백성들은 모시는 주인이 바뀌어도 저항하지 않고 거기에 순응한단 말이냐?"

"예. 그렇게 교육받고 살아와서 절대 저항하지 않습니다. 그래서 산으로 피신한 백성은 전쟁이 끝나면 이긴 자들이 돌아다니며 불러 내립니다. 그러면 백성들은 내려와 주인이 바뀌어도 똑같이 생활합니다. 그들에게는 주인이 누구여도 삶이 달라지지 않으니까요."

태황제가 어이없어했다.

"허! 주인이 누구여도 상관없다니. 짐의 상식으로는 도무지 이해가 되지 않는구나."

개혁군주

황제가 자세히 설명했다.

"일본 막부는 수시로 다이묘들을 바꿉니다. 그래서 일본 백성들에게 다이묘가 바꾸는 건 당연한 일이라고 생각합니다. 물론 도자마 다이묘들은 조금은 다르지만, 그 밑에 사는 백성들의 생각은 어디라도 똑같습니다."

"놀라운 일이구나. 일본의 위정자들은 백성을 그저 도구로 보고 있단 말이구나."

"꼭 그렇지는 않습니다. 그러나 우리처럼 백성이 곧 하늘이라는 의식 자체가 없는 것은 분명합니다. 그리고 그러한 정책이 규슈를 점령한 우리에게는 더없이 좋은 일이고요."

"우리가 점령했어도 규슈의 백성들은 바뀐 게 없다고 생각한다는 말이구나."

"그렇습니다. 소자는 그래서 이번에 그런 일본인들의 가슴에 파문을 일으켜 볼 생각입니다."

태황제가 고개를 갸웃했다.

"파문이라니? 달리 생각해 둔 계획이 있느냐?"

황제가 설명했다.

"우리 백성들은 누구나 열심히 하면 잘 산다는 생각을 하게 되었습니다. 그러나 일본인들은 그러지 못합니다. 그래서 소자는 그들의 가슴속에 죽어 있는 희망이라는 불씨를 피워 보려고 합니다. 늘 억압만 받아 온 일본인들은 자의적으로 무엇을 한다는 것에 많은 두려움을 느낍니다. 평생 지시만 받아

왔기 때문에 지시할 사람이 없으면 일을 못할 정도이고요."

태황제가 헛웃음을 지었다.

"허허! 정녕 그 정도란 말이냐?"

"그렇습니다. 그래서 누군가에 의지하지 않으면 불안해하고요. 그런 일본인들에게 새롭게 섬겨야 할 존재가 있다는 점을 각인시킬 겸 해서 대대적인 이주 정책을 시행하려고 합니다."

태황제가 회의적이었다.

"그것으로 희망의 불씨라고 말할 수 있을까?"

황제는 자신했다.

"아닙니다. 충분히 가능한 일입니다. 일본의 농민은 자영농이 없습니다. 전부 각 가문 소유의 땅을 소작하고 있지요. 그래서 그들에게 이주를 통해 처음으로 자영농이 될 기회를 주려고 합니다. 그러기 위해서는 반드시 우리 대한제국 신민이 되어야 하고요."

"평생을 억압받아 왔다고 했다. 그런 자들이 자발적으로 이주에 동참하겠느냐?"

"하게 만들 것입니다. 아니, 그들 스스로가 그렇게 결정하게 될 것이옵니다. 개인적으로 그들은 누구의 아버지이며 어머니입니다. 세상에 자식이 농노처럼 살아가는 것을 바라는 부모는 없사옵니다."

태황제가 크게 고개를 끄덕였다.

"그렇구나. 부모는 자신을 희생하면서도 자식이 잘되기를 바라지."

"예. 그래서 기꺼이 우리말을 배울 것이며, 기꺼이 우리 신민이 될 것입니다. 그게 그들 자신이, 후손들이 잘사는 일이니까요."

태황제가 문제를 지적했다.

"그래도 이주하지 않겠다는 자들이 나올 것이다."

황제도 이 점은 인정했다.

"그렇습니다. 아무리 좋은 미래가 기다린다고 해도 변화를 두려워하는 자들이 있기 마련입니다. 그리고 우리 대한제국을 믿지 않으려는 자들도 있을 것이고요. 그런 자들은 그대로 규슈에서 농노와 같은 삶을 살아가면 됩니다."

"그래도 이전보다 많은 땅을 경작하게 되면 삶이 풍족해지지 않겠느냐?"

황제가 고개를 저었다.

"바로 혜택을 주지는 않을 것입니다. 일본의 다이묘들은 백성들이 생산한 양곡을 모조리 거둬들였습니다. 그리고 최소한의 먹을 양곡을 다시 배분해 주었고요."

"허면 아무리 농사를 많이 지어도 배분은 똑같다는 말이냐?"

황제가 놀라운 말을 했다.

"예. 그래서 일본 백성들은 늘 배를 곯아야 했습니다. 오죽 삶이 어려웠으면 마비키(間引き)라고, 자식을 낳으면 산모

가 아이를 죽이는 풍습까지 있을 정도입니다."

태황제가 크게 놀랐다.

"탄생한 아이를 그냥 죽인단 말이냐?"

"그러하옵니다. 일본의 다이묘들은 철저하게 백성들을 탄압해 왔습니다. 탄압은 한 끼 먹는 양까지 조절하라는 영을 내릴 정도입니다."

태황제가 어이없어했다.

"기가 찬 일이구나. 우리 제국은 인구를 늘리려고 온갖 혜택을 시행하고 있다. 그런데 일본은 반대로 인구가 늘어나는 것을 제한해 왔다니."

"그 모두가 다이묘들의 사치와 향락 때문입니다."

황제가 일본의 사정을 간략히 설명했다. 그 말을 들은 태황제는 크게 분노했다.

"당장 쳐 죽여도 시원찮을 놈들이구나. 자신들의 저택에는 금박까지 입히는 사치를 하면서도 백성들은 밥도 제대로 먹지 못하게 만들다니."

"예. 그래서 소자는 이주 정책이 의외로 큰 파문이 일 것으로 예상하옵니다."

태황제가 놀라운 발언을 했다.

"그래. 출신이 무슨 상관이 있겠느냐. 우리말과 글을 쓰고 나라와 황실에 충성을 맹세한다면 모두가 우리 신민이지. 더구나 일본인들은 생김새도 우리와 비슷하니, 잘만 이끌어 준다면 충성스러운 신민이 될 수 있겠구나."

"소자도 그렇게 생각하옵니다. 그리고 더 고무적인 점은 일본인들은 국가 의식이 별로 없습니다. 일본인이란 인식보다 자신이 속한 영지 주민이란 의식이 더 강합니다."

"그렇다면 더 좋구나. 그들에게 국가 의식을 심어 준다면 누구보다 빠르게 우리 신민으로 자리를 잡을 수 있겠어."

"소자도 그렇게 생각하옵니다."

"좋다. 잘 추진해 봐라. 모리 가문이 열도의 패권만 장악한다면 우리 백성 수백만이 늘어나는 건 여반장이겠다."

태황제의 반응에 황제도 크게 고무되었다.

❁

해가 바뀌었다.

황제의 사무라이 정책에 규슈 지역 사무라이 대부분이 모리 가문에 합류했다. 놀랍게도 합류한 사무라이와 아시가루가 10만이 넘었다.

이들이 합류하면서 일본 내전의 양상이 크게 바뀌었다.

이전까지 관망하던 다이묘들이 대거 모리 가문에 합류했다. 그 결과 모리 가문은 급격히 세를 불리며 과거의 성세를 뛰어넘었다.

에도막부도 부단히 노력하기는 했다. 겨우내 징집해 훈련

시킨 병력을 전부 동원해 모리 가문과 결전에 돌입했다.

양측의 격돌은 봄에 시작되었다.

그렇게 시작된 내전은 처음부터 밀고 밀리는 접전 양상으로 교착되었다. 이렇게 된 데에는 모리 가문과 에도막부의 책임이 컸다.

모리 가문은 신형 소총으로 무장한 자신의 병력을 처음부터 투입하지 않았다. 그 대신 규슈 병력을 먼저 내세웠다.

이는 막부도 마찬가지여서, 신판 다이묘 병력을 먼저 앞세웠다. 이런 까닭에 결전은 대리전 양상으로 전개되었다.

그래도 규슈 출신 사무라이들이 분전하며 모리 가문이 조금은 유리했다. 그렇다고 해서 압도적 우위는 아니어서 전장이 조금씩 움직이는 정도였다.

반면 규슈의 사정은 달랐다.

지난 연말 전쟁이 끝나면서 대한제국에서 대거 관리들이 넘어왔다. 대부분 행정관리인 이들은 향사(鄕士)가 빠진 자리를 급속히 채워 나갔다.

대한제국은 이미 황하 이북을 정비했던 전력이 있었다. 그런 경험 덕분에 강원도 규모의 규슈는 봄이 되기 전에 완전히 정비할 수 있었다.

일본의 다이묘는 전쟁이라고 백성들을 따로 보살피지 않는다. 그들에게 백성은 지배하고 착취하는 대상에 불과했기 때문이다.

그렇다고 약탈도 하지 않는다. 이미 모든 양곡은 먼저 거둬서 나눠 주었기 때문이다.

그래서 열도에서 전쟁이 일어나면 병사들보다 백성들이 더 죽어 나간다.

지난해 발생한 전쟁으로 규슈의 상당 지역에서 농사를 망쳤다. 그래도 겨울은 근근이 버텼지만 보리를 거둘 때까지가 문제였다.

규슈의 백성들은 어렵게 겨울을 넘기며 혹독한 봄을 각오하고 있었다. 그런데 전혀 생각지도 않은 일이 발생했다.

"자! 줄을 서시오."

갑자기 들이닥친 대한제국 관리들이 겨우내 인구조사와 토지조사를 시행했다. 어차피 자신들 땅이 아니었고 늘 순응해 왔던 터라 원주민들은 조사에 적극 협조했다.

관리들은 조사를 시행하면서 양곡 보관과 위생 상태도 살폈다. 이러한 조사는 지금까지 한 번도 시행된 적이 없었기에 처음에는 어리둥절했다.

그래서 병을 일부러 숨기기까지 했었는데, 그게 아니었다. 대한제국 관리들은 병자들에게 이런저런 약까지 지급하며 자신들을 보살폈다.

처음에는 의심하던 주민들은 이런 조치에 환호했다. 지금까지 어떤 다이묘도 무상으로 환자들을 보살핀 경우는 없었다.

그리고 봄.

주민들은 혹독한 춘궁기를 겪을 것으로 예상해 왔다. 그런데 놀랍게도 대한제국 관리들이 쌀을 풀겠다고 한다.

　그러나 공짜는 아니었다.

　대한제국 관리가 소리쳤다.

　"지난 전쟁으로 많은 건물이 불탔소이다! 그런 건물을 재건하기 위해서는 여러분의 도움이 필요하오! 한 사람이 일을 하면 두 사람분의 양곡을 지급해 줄 것이오! 그러니 남자 여자 가리지 말고 나와 일을 하시오!"

　주민들은 환호했다.

　굶지 않아도 된다는 희망이 생긴 것이다.

　강제 동원을 시켜도 나와서 무조건 일할 판이었다. 그런데 여자에게까지 곡식을 배급해 준다는 말에 너도나도 달려 나왔다.

　그런데 일하는 방식이 이상했다.

　"자! 우리말 교육입니다. 따라 하세요. 우리말, 아버지, 어머니."

　"우리말, 아버지, 어머니."

　"잘했습니다……."

　일을 시작하기 전에 반드시 1시간씩 우리말이란 말과 글을 가리켰다. 그런데 그 교육에 참가하지 않으면 일을 시키지 않았다.

　하는 수 없이 말을 배우기 시작했다.

그리고 현장에서 우리말로 일을 시켰기 때문에 배우지 않을 수도 없었다. 그렇게 하루 일을 마치면 정말 두 사람이 풍족히 먹을 양식을 나눠 줬다.

쌀은 좋지 않았다.

대한제국 관리의 말에 따르면 남방에서 가져온 안남미라고 한다. 그러나 초근목피로 연명해야 했을 주민들에게 이도 감지덕지였다.

놀라운 일도 있었다.

건물을 재건하고 주변을 정비하다 농사철이 되니 공사를 중단했다. 그러고는 전부 들로 밭으로 보내 농사일을 시켰다.

자신들이 본래 해야 할 일이다. 그런데 양곡을 배급하며 농사를 시키니 신이나 절로 어깨가 들썩였다. 그 바람에 농사일은 이전보다 훨씬 더 빨리 마칠 수 있었다.

"자! 모내기와 파종을 마쳤으니 다시 공사를 시작합시다."

그렇게 공사가 재개되었다.

농사 기간에 중단되었던 우리말 교육도 다시 시행했다. 놀랍게도 강요하지 않았는데도 주민들 스스로 열심히 공부했다.

규슈 주민들도 우리말을 알아야만 살 수 있는 세상이 되었다는 걸 자각한 것이다. 그 덕분에 교육성과는 처음과 달리 급격히 상승했다.

변화는 곧 황제에게 보고되었다.

황제가 아주 만족해했다.

"교육 효과가 좋다니 다행이군요."

지금까지 군정장관은 육군이 맡아 왔다.

그러나 규슈는 섬이고, 내전이 벌어지는 상황이었다. 방어를 위해서는 수군과의 유기적인 협조도 필요했다.

해병대는 상륙 작전에 이은 규슈 평정에 탁월한 공을 세웠다. 황제는 이런 사정을 감안해 해병1사단장을 군정장관에 임명했다.

해병1사단장은 남상만이다.

"대륙에서의 경험이 결정적이었습니다. 경험이 많은 관리들은 원주민들을 어떻게 다루는지 너무도 잘 알고 있었습니다. 그 덕분에 단 한 건의 사고도 없이 단숨에 규슈를 장악할 수 있었습니다."

"오! 그래요?"

"예. 관리들이 노련하게 처신했습니다. 주민들이 워낙 지시에 잘 순응하기도 했고요."

남상만이 그간의 사정을 간략히 설명했다.

"……그 결과, 이제는 간단한 인사말 정도는 누구나 할 정도가 되었습니다."

황제가 놀랐다.

"누구나라고요? 이제 겨우 몇 개월인데요?"

"예. 우리말을 배워야 살 수 있다는 사실을 주민들이 알게 되었습니다. 그래서 놀라울 정도로 열정적으로 학습에 임하고 있습니다."

황제가 크게 만족해했다.

"아주 잘하고 있습니다. 지금처럼만 진행된다면 올가을부터 규슈 주민을 대상으로 한 이주를 본격적으로 진행해도 되겠습니다."

"소장도 추수가 끝날 즈음이 적당하다고 생각했사옵니다."

"혹시 대륙의 한족처럼 집단 반발의 징후는 없습니까?"

남상만의 대답이 단호했다.

"전혀 없습니다. 소장도 혹시나 하는 우려 때문에 규슈 주민에 대한 감시를 게을리하지 않고 있습니다. 그러나 그에 대한 어떠한 징후도 보이지 않습니다."

"일본의 철저한 신분제도가 우리의 통치에 도움이 되고 있다는 말이군요."

"그렇습니다. 노예와 다름없는 삶을 살던 그들에게 통치자가 바뀐 것보다 호구지책이 더 중요한 듯했습니다."

"우리의 식량 배급 정책이 큰 효과를 거두고 있다는 말이군요. 그런데 지난해 도주했던 사무라이들도 꽤 되지 않나요?"

"그렇기는 합니다. 그러나 그런 자들 대부분은 체포되었습니다. 그리고 체포되지 않은 자들이 있다고 해도 크게 걱정할 필요는 없습니다."

"일본은 대륙과 다른 환경 때문이겠지요."

"그렇습니다. 대륙은 일반 주민도 사람을 모아 거병이 가능합니다. 지역의 토호들이 그들을 도와주기 때문이지요. 그러나 일본의 토호는 다이묘와 사무라이입니다. 지역의 상인들도 전부 다이묘 소속이고요. 그래서 사무라이들이 거병하고 싶어도, 병력은 차치하고 군량과 군자금을 모을 방도가 없습니다."

"철저한 양곡 통제 정책이 반역을 막고 있군요."

"예, 폐하."

"알겠습니다. 남 장관은 이주 계획을 가을 추수 후 본격 시행할 수 있도록 준비해 주세요. 아울러 지금 추진하고 있는 복구 계획도 차질 없이 진행하고요. 그리고 양곡은 충분하니, 기왕이면 농민이 아닌 노동자들을 양성해 보세요."

"알겠습니다."

"도공들은 어떻게 조치했습니까?"

남상만의 표정이 어두워졌다.

"아뢰옵기 황공하오나 도공 중 누구도 돌아오려 하지 않고 있습니다. 물리력을 앞세우면 데리고 오는 것은 어렵지 않겠지만, 황명이 있었던 터라 그대로 두고 있는 형편입니다."

황제가 고개를 저었다.

"아쉽지만 그대로 두세요. 임란 당시 끌려간 도공들은 본토에서 거의 천민 대접을 받았어요. 그런 도공이 일본에서는 귀족인 사무라이로 예우받고 살았으니 누가 돌아오려 하겠습니까?"

남상만이 아쉬워했다.

"그래도 수구초심(首丘初心)이라고 했습니다. 본국도 이제는 기술자를 대우하는 나라가 되었다는 사실을 알려 주었습니다. 그런데도 아무도 귀환하지 않으려 하니 답답합니다."

"가고시마의 심 씨들은 한복을 입고 생활한다고 하지 않았나요?"

"그렇기는 합니다. 사가(佐賀)의 이삼평(李參平) 집안과 박평의(朴平義) 집안은 창씨개명을 한 데에 비해 심당길(沈當吉) 집안은 지금도 심 씨 성을 쓰고 우리 민족의 후손하고만 결혼하며 정체성을 지켜 왔습니다. 그러나 그들도 교류는 하지만 이주는 강제하지 말아 달라고 부탁했습니다."

"어쩔 수 없지요. 그들이 규슈에 정착한 지 벌써 200여 년이니 그곳이 고향이나 마찬가지지요."

황제가 정약용을 바라봤다.

"수상."

"예, 폐하."

"저들이 만든 도자기는 상당히 뛰어납니다. 일본에 맞게 발전해서 우리와 달리 화려하고 극도로 세밀하고 정교하지요. 그런 도자기가 유럽에서는 인기가 좋습니다. 그들과 우리 도공과 잘 어울린다면 명품이 탄생할 가능성이 높으니 교류를 적극 추진하세요. 수출품을 위해서라도 그게 좋습니다."

"그렇게 조치하겠습니다."

❋

황제는 한동안 국정에 몰두했다

그러던 4월 하순.

철도청장이 낭보를 갖고 들어왔다. 철도개발본부장이었던 방우정은 지난해 새로 들어선 철도청의 청장이 되었다.

방우정이 벅찬 목소리로 보고했다.

"폐하! 기뻐해 주십시오. 대륙종단철도가 드디어 서로는 바르샤바까지, 동쪽으로는 베링해협까지 완성되었습니다."

황제가 반색을 했다.

"정말 고생들 많았습니다. 내년이나 완공할 것으로 알고 있었는데 공기가 대폭 단축되었네요."

"황감하옵니다. 그러나 개통식은 공사 마무리를 해야 해서 7월경에나 가능하옵니다."

"하하! 당연히 마무리가 필요하겠지요."

방우정이 경과 보고서를 제출했다.

황제가 보고서를 미뤘다.

"아니요. 이렇게 기쁜 소식은 방 청장에게 직접 들어 보고 싶네요. 어떻게 보고 준비는 되어 있나요?"

"물론입니다. 그렇지 않아도 구두 보고를 드릴 수 있도록

개혁군주

준비해 왔사옵니다."

"잘되었군요. 그러면 짐이 수상과 내각 주요 대신들을 부를 터이니 잠시 후에 진행합시다."

얼마의 시간이 지나자 황제의 집무실 옆 회의실로 십여 명의 대신이 속속 모여들었다.

철도청장의 보고가 시작되었다.

"우리 철도청은……."

방우정의 보고는 한동안 이어졌다.

고토수복과 함께 진행된 철도 부설은 엄청난 속도로 퍼져나갔다.

"……이러한 부설은 청군 포로가 지속적으로 투입되었기에 가능했습니다. 청군 포로는 지금도 10여만 명이 철도 부설과 각종 도로 건설에 투입되어 있습니다. 10년이 넘는 기간 동안 숙련된 노동력은 공기 단축을 가능하게 했으며 공사단가도 획기적으로 절감시켜 왔습니다."

방우정의 보고는 한동안 이어졌다.

보고가 끝나자 열화와 같은 박수가 터졌다. 황제도 대륙종단철도의 개통을 기뻐하며 박수를 아끼지 않았다.

황제가 치하했다.

"11년이라는 세월이 긴 것 같아도 철도부설을 놓고 보면결코 긴 시간이 아닙니다. 그럼에도 철도청은 사상 유례없는쾌거를 이뤄 냈네요."

장우정이 감격해했다.

"모두가 폐하께서 지속적으로 관심을 가져 주신 덕분이옵니다. 저희가 고생한 것은 맞습니다. 그러나 폐하께서 전체 노선의 틀을 짜 주시면서 적극적으로 지원해 주신 것이 오늘의 성과를 있게 했습니다."

정약용도 거들었다.

"철도청장의 말이 맞습니다. 국가 기간산업은 막대한 예산이 투입되지만, 처음부터 큰 성과가 나타나지 않습니다. 철도도 마찬가지여서 폐하께서 앞장서서 추진하지 않으셨다면 아마도 미미한 성과에 그쳤을 겁니다."

재무상 박종보도 거들었다.

"사철을 활성화한 것도 철도노선 확장에 큰 도움이 되었습니다. 전 구간이 국철로 부설했다면 지금의 성과를 얻기 위해서는 몇 년이 더 필요했을 것입니다. 청군 포로의 투입도 결정적 도움이 되었고요."

다른 대신들도 다투어 칭송했다.

평상시였다면 이러한 대신들의 발언을 일찍 끊었을 황제였다. 그러나 황제는 이번만큼은 대신들의 칭송을 제지하지 않았다.

아직 유럽은 기관차도 제대로 만들지 못하는 상황이었다. 그래도 기반 기술이 많은 영국만큼은 상용화에 근접해 있었다. 그러나 제대로 된 철도 기술자가 없어 상용화에는 애

먹고 있었다.

반면에 대한제국은 기관차의 성능 개선을 몇 차례나 성공시켰다. 그 결과 기관차의 속도를 시속 70~80킬로미터까지 끌어올릴 수 있었다. 그리고 화물 수송 능력도 100여 톤에 근접할 정도로 크게 향상되었다.

이런 성과가 황제는 자랑스러웠다.

"이 모두가 우리의 노력 덕분입니다. 철도는 세계 최초로 우리가 상용화했습니다. 이번에 개통된 대륙종단철도는 그 노선 길이만 해도 6천 킬로미터가 넘지요. 그 덕분에 우리 대한제국은 무려 1만 5천 킬로미터가 넘는 철도노선을 보유하게 되었고요. 이는 엄청난 자산입니다. 청군 포로도 그동안 많은 고생을 해 왔다는 사실을 짐도 잘 압니다. 그러나 오늘과 같은 성과는 우리의 기술진과 방 청장을 정점으로 한 관리자들의 노고 덕분입니다."

정약용이 제안했다.

"폐하. 대륙종단철도 개통에 맞춰 대대적인 포상을 시행했으면 하옵니다."

황제가 바로 승인했다.

"그렇게 하세요. 유럽과 소통이 가능한 대륙종단철도가 바르샤바까지 연결되었어요. 바다를 이용하면 4~5개월 걸리던 거리가 이제 닷새면 가능하게 되었습니다. 가히 천지가 개벽했다고 해도 과언이 아닙니다. 이 철도를 이용하면 수출

물량을 획기적으로 늘려 나갈 수 있을 겁니다. 그뿐이 아니라 인적교류도 지금보다 몇 배는 더 늘어날 것이고요."

정약용도 예상했다.

"유럽과의 교류가 늘어나면 우리가 부족한 부분의 기술도 입도 빨라지겠습니다. 아울러 외교 관계도 지금보다 대폭 증대될 것이고요."

황제도 동조했다.

"나폴레옹전쟁이 끝난 유럽은 큰 어려움을 겪고 있으니 이주민들도 상당히 늘어나겠지요."

"그래도 본토보다 북미로의 이주가 많지 않겠습니까?"

황제도 인정했다.

"아무래도 그렇겠지요. 그러나 우리가 인종차별을 하지 않는다는 것이 알려져 있어서 의외로 많은 사람이 이주할 수도 있어요."

방우정이 의외의 제안을 했다.

"폐하! 국가 발전을 위해서는 많은 인재가 필요합니다. 그래서 유럽의 인재들을 적극 받아들여 왔고요. 그런데 과학자나 의학자들에게는 다양한 혜택을 주어 왔지만, 기술자들에 대해서는 별다른 혜택이 없었습니다. 이번 기회에 이들이 쉽게 이주할 수 있도록 혜택을 주었으면 합니다."

정약용이 고개를 갸웃했다.

"어떤 식으로 혜택을 준다는 말이오?"

"우선 기차를 무상으로 이용하게 하는 겁니다. 그리고 그들이 살 집과 직장을 알선해 준다면 큰 효과를 거둘 수 있지 않겠습니까?"

정약용이 부정적인 의견을 냈다.

"쉽지 않은 일입니다. 우선은 당사자들이 무슨 기술을 갖고 있는지 확인하기가 어려워요. 그리고 주택을 마련해 주는 것은 본국 기술자와의 역차별이 우려되는 사안이고요."

방우정이 뜻을 굽히지 않았다.

"기술 확인은 유럽에 있는 우리 공사관에 입증 서류를 제출해 확인 절차를 거치면 되지 않겠습니까? 주택 제공이 문제라면 부자재를 구입할 수 있는 자금을 장기 저리로 제공하는 선으로 하면 될 것이고요."

황제가 의뭉스럽게 질문했다.

"그동안의 노력으로 우리는 상당한 정도의 기술을 보유했고, 계속 발전해 나가고 있지요. 그런데도 유럽 기술자들을 우대해 가면서 데리고 올 필요가 있을까요?"

"취약한 부분을 보완하자는 뜻에서 말씀드린 것이옵니다. 우리는 아직 공작기계 부분과 화학 분야에서 유럽보다 저변이 약합니다. 그런데 국가 발전을 위해서는 두 분야의 발전이 반드시 필요해서 이런 말씀을 올린 것입니다."

황제가 크게 고개를 끄덕였다.

"놀랍군요. 방 청장은 공작기계와 화학의 중요성을 잘 알고 있었네요."

"황감하옵니다."

황제가 동조하는 의견을 냈다.

"방 청장이 지적한 부분을 제외하고라도 우리의 과학 산업
의 기초는 아직까지 유럽에 미치지 못한 것이 사실입니다.
그동안 많은 과학자를 초빙해 장족의 발전을 했지만 많이 부
족해요. 물론 철도와 교량 건설처럼 유럽보다 월등히 앞서
있는 부분이 있기는 하지만요."

모두가 묵묵히 고개를 끄덕였다.

황제의 말이 이어졌다.

"대륙종단철도가 개통되면서 유럽까지 불과 닷새면 갈 수
있게 됩니다. 이런 이점을 최대한 활용합시다. 우선은 유럽
의 기초과학자들을 단기간 초빙 형식으로 불러들이도록 합
시다."

주무부서인 교육상이 나섰다.

"어떤 방식으로 단기간 초빙을 하면 되옵니까?"

"유럽을 오가는 시간이 짧아졌으니 그들에게 유럽 왕복 이
용권을 무상으로 지원합시다. 보수도 유럽보다는 당연히 많
아야 하겠지요. 그래서 짧으면 연 단위로 초빙해서 교육과
연구를 맡기는 겁니다."

교육상이 바로 알아들었다.

"아! 그렇게 하면 되겠습니다. 유럽의 과학자들 중 본국을

방문하고 싶어도 거리가 너무 멀어 오지 못하는 사람이 많다고 합니다. 그리고 미지의 나라로 이민해야 한다는 불안감 때문에 주저하는 학자들도 상당수 있고요. 그런 과학자들을 대상으로 시행한다면 좋은 성과를 거둘 수 있겠습니다."

"학자 초빙도 열차를 최대한 활용하세요. 그렇게 하는 것이 교역 물량 확대보다 장기적인 관점에서는 국익에 훨씬 도움이 됩니다."

교육상이 고개를 숙였다.

"알겠습니다. 철도청과 협의해서 좋은 방안을 만들어 보겠습니다."

황제가 국방상을 바라봤다.

"유럽에서 전쟁이 끝났지만, 군비경쟁은 오히려 이전보다 더 가속할 겁니다. 그런 경쟁은 영국과 프랑스가 주도할 것이며, 첫 번째로 전함이 적극적으로 개량될 것입니다. 그런 유럽에 맞서기 위해서 우리는 이제부터 증기기관을 전함에 접목하는 연구를 시작해야 합니다."

대신들이 크게 술렁였다.

황제가 손을 들어 술렁이는 장내를 정리하며 말을 이었다.

"발상의 전환만 하면 결코 어렵지 않은 일입니다. 우리는 이미 증기기관을 다양한 방식으로 개량해 사용하고 있다는 점을 명심하세요."

이때, 백동수가 의외의 발언을 했다.

"폐하, 아뢰옵기 송구하오나 그 과업을 후배에게 물려주
었으면 하옵니다."

황제가 깜짝 놀랐다.

"아니, 왜요? 어디 불편하신 데라도 있습니까?"

백동수가 허허롭게 웃었다.

"신의 나이 벌써 칠십을 훌쩍 넘겼습니다. 아프지 않은 것
이 외려 이상한 일이지요. 지난해까지는 일본 공략도 있고
해서 버텨 왔는데, 이제 체력에 한계에 온 듯하옵니다. 하오
니 이제는 그만 물러나도록 윤허하여 주시옵소서."

황제가 안타까워했다.

황제가 백동수를 발탁한 것은 세자 시절이다. 그 후 지금
까지 자신과 오로지 한길만 걸어온 백동수가 이제 물러나려
고 하고 있었다.

"나는 국방상은 늘 철혈의 재상으로만 알고 있었습니다.
그래서 짐은 늘 함께할 줄 알았는데, 이런 날이 오고야 말았
네요."

백동수가 너털웃음을 터트렸다.

"허허허! 황공하옵니다. 신도 언제까지라도 폐하를 지근
에서 보필하고 싶었사옵니다. 그러나 세월이 신에게 그만 물
러나라 재촉하고 있사옵니다."

황제가 아쉬워했다.

"짐도 국방상의 체력이 이전만 못하다는 사실은 알고 있었

습니다. 그래서 나름대로 마음의 준비를 해 오고 있었는데, 그게 오늘일 줄은 몰랐네요."

"황공할 따름이옵니다. 군인의 한 사람으로 노신은 너무도 영광된 삶을 살아왔습니다. 그런 영광된 길을 인도해 주신 황제 폐하께 감사드리옵니다."

백동수가 일어났다.

"지금까지 폐하를 모실 수 있어서 영광이었습니다. 신은 이제 물러가지만, 우리 군은 언제라도 폐하께 충성을 다할 것입니다."

백동수가 군례를 올렸다.

황제와 모든 대신도 함께 일어났다. 황제가 답례하고는 그에게 다가가 손을 잡았다.

"그동안 고마웠습니다. 짐과 우리 대한제국은 국방상의 노고를 영원히 잊지 않을 것입니다."

"감사합니다."

정약용이 붉어진 얼굴로 힘껏 박수를 보냈다. 그러자 모든 대신이 함께 열렬히 박수를 보내며 노장의 은퇴를 아쉬워했다.

✽

며칠 후.

황제의 명으로 백동수의 은퇴식이 열렸다. 요양성 밖 합동

참모본부 대연병장에서 열린 은퇴식에는 대한제국과 외국 사절들이 대거 참석했다.

황제는 그에게 대한제국 제1등급 무궁화대훈장을 수여했다. 그러고는 함께 도열한 병력을 사열하며 노장의 은퇴를 영광스럽게 해 주었다.

그리고 한 달 후.

백동수가 자택에서 서거했다.

황제는 그의 죽음을 애통해하며 사흘 동안 조회를 폐했다. 그러고는 국가장을 선포하고는 직접 그의 자택을 방문해 조문했다.

백동수가 남긴 공적은 대단했다.

황제는 그의 공적을 인정해 요양의 중앙 광장에 그의 동상을 건립하게 했다. 대한제국군 출신이 동상으로 제작된 예는 이번이 처음이었다.

황제에게는 동료이며 스승이었다.

그 누구보다 믿고 의지했으며, 그는 황제의 신뢰에 충성으로 보답해 왔다. 그는 황제를 모시면서 단 한 번도 긴장의 끈을 놓지 않았으며, 어떤 자리에서도 공경하며 섬겨 왔다.

그런 사람이었기에 그의 공백은 의외로 컸다. 황제는 한동안 정사까지 물리며 울적해했다.

그러나 언제까지 아쉬워할 수는 없었다. 한동안 마음고생을 하던 황제가 신임 국방상을 임명했다.

개혁군주

"차려. 황제 폐하께 경례."

"충!"

신임 국방상의 임명에 맞춰 군의 최고 지휘관도 연쇄 이동했다. 황제는 지휘관들에게 이순신 장군의 좌우명인 '필사즉생 필생즉사(必死則生 必生則死)'가 새겨진 검을 하사했다.

오자병법 제3편 치병(治兵) 편의 글이다.

본래는 '필사즉생 행생즉사(必死則生 幸生則死)'라는 문구다. 이는 '반드시 죽으려 하면 살 것이고, 요행을 바라서 살고자 하면 죽을 것이다.'라는 뜻이다.

이를 이순신 장군이 《난중일기》에 '필사즉생 필생즉사'로 고쳐 쓰며 결의를 다졌었다. 황제는 이러한 충무공의 의지를 이어받으라는 의미에서 검에 새겨 지휘관들에게 하사한 것이다.

황제가 지휘관들을 회의 탁자로 안내했다.

"모두 이리로 앉으세요."

"예, 폐하."

신임 국방상은 류성훈이다.

대륙군사령관이던 그는 한족 반란으로 불명예 퇴임 위기에 직면했었다. 그러다 황제의 배려로 반란을 수습하고는 합참의장까지 역임하고 전역했다.

그랬기에 황제에 대한 충성심은 누구보다 컸다.

황제가 격려했다.

"어려운 일을 맡기게 되어 미안합니다."

"아닙니다. 소장을 잊지 않고 불러 주신 것에 감읍할 따름입니다."

"짐도 류 국방상을 염두에 두고 있었지만, 고인이 된 백 국방상이 천거했습니다."

류성훈이 놀랐다.

"그랬군요. 백 대신께서 돌아가시기 전까지 소장을 챙기실 줄은 몰랐습니다."

"그만큼 국방상에 대한 믿음이 컸다는 말이지요."

"황감할 따름이옵니다."

"자! 그건 그렇고, 오늘은 취임 첫날인데도 숙제를 한 아름 드려야 할 거 같네요."

류성훈이 자세를 바로 했다.

"명령만 내려 주십시오. 폐하의 명이라면 초급장교의 심정으로 분골쇄신하겠습니다."

황제가 크게 웃었다.

"하하하! 그러시면 안 되지요. 국방상이 그러면 아랫사람들이 아주 고생을 합니다. 일이 중요하다고 해도 적당히 선을 지키면서 지휘해야 합니다. 더구나 국방상은 육군은 물론 수군까지도 살뜰히 챙겨 주셔야 하는 위치입니다."

류성훈의 얼굴이 붉어졌다.

"황공합니다. 소장이 의욕이 너무 앞선 바람에 말을 너무

개혁군주

가볍게 했습니다."

"하하! 괜찮습니다."

황제가 우측에 앉은 지휘관을 흐뭇한 표정으로 바라봤다. 태평양함대 사령관에서 이제 막 수군 참모총장이 된 오형인이었다.

"오 총장이 할 일이 아주 많습니다."

오형인이 고개를 숙였다.

"소장은 아직 역량이 부족하다 생각하고 있었습니다. 그런 소장에게 막중한 임무를 맡겨 주셔서 감읍하옵니다. 폐하께서 어떤 임무를 맡기시든 최선을 다해 받들겠습니다."

"고마운 말씀이네요."

황제가 손짓하자 상선이 서류를 가져왔다. 그가 그것을 나누는 동안 황제의 설명이 시작되었다.

"이 서류는 앞으로 군이 추진해야 할 과업을 정리한 것입니다. 먼저 첫 번째 과업부터 살펴봅시다."

황제의 말에 모두가 서류를 넘겼다.

그런 서류에는 놀라운 제목이 적혀 있었다.

다음 권으로 이어집니다

엑스트라 책사의 로열로드

mensol 퓨전 판타지 장편소설

『회귀자의 그랜드슬램』의 mensol
무과금의 신을 소환하다!

실력 게임을 무과금으로 돌파하던 레전드 유저
게임 속 똥캐 조연에게 빙의되다!
신묘한 계책으로 배신당해 파멸하는 결말을 피하라!

한미한 남작 가문 사남 알스
인공지능과 겨루던 체스 실력
전략 게임으로 다져진 기기묘묘한 책략
히든 피스로 얻은 무력으로
대륙을 평정하다!

삼국지를 연상케 하는 디테일한 전략!
피 끓는 전장의 광기가 폭발한다!

황태자는 은퇴가 하고 싶습니다

로튼애플 퓨전 판타지 장편소설

황제가…… 과로사?
이번 생은 절대로 편하게 산다!

31세에 요절한 황제 카리엘
개같이 구르며 제국을 지킨 대가는
역사상 최악의 황제라는 오명?
싹 다 무시하고 안식에 들어가려 했더니……

"다시 한번 해 볼래? 회귀시켜 줄게."
"응, 안 해."
"이번엔 욜로 라이프를 즐겨 보면 어때?"

사기꾼 같은 신에게 속아 회귀하게 된 카리엘
즐기며 편히 살기 위해서는
황태자 자리에서 먼저 내려와야 하는데……

제국민의 지지도는 계속 오른다?
황태자의 은퇴 계획, 과연 성공할 수 있을까?

꿈의 도약, 로크에서 하십시오
(주)로크미디어에서 신인 작가를 모십니다

즐거운 세상, 로크미디어는 꿈을 사랑하고 도전을 두려워하지 않는 작가 분들의 참신한 작품을 기다리고 있습니다. 21세기 장르 문학계를 이끌어 갈 차세대 선두 주자 (주)로크미디어에서 여러분의 나래를 활짝 펴 보시길 바랍니다.

모집 분야 판타지와 무협을 포함한 장르 문학
모집 대상 아마추어 작가, 인터넷 작가
모집 기한 수시 모집

작품 접수 시 유의 사항

1. 파일명은 작가명_작품명.hwp형식을 갖춰 주십시오.
1. 파일에 들어갈 내용은 다음과 같습니다.
    − 성명(필명인 경우 실명을 밝혀 주세요), 연락처, 이메일 주소
    − 제목, 기획 의도
    − A4용지 1장 분량의 등장인물 소개
    − A4용지 2장 분량의 전체 줄거리
    − 본문
1. 작품이 인터넷에 연재되고 있다면, 게시판명과 사이트의 구체적이고 정확한 주소를 기재해 주십시오.

선택된 작품은 정식 계약 후 출판물로 간행되어 전국 서점에 유통됩니다.
작가 분은 (주)로크미디어의 전폭적인 지원하에 전속 작가로 활동하시게 됩니다.
※ 자세한 내용은 로크미디어 홈페이지(rokmedia.com)를 참조하세요.

(04167)서울시 마포구 마포대로 45 일진빌딩 6층
(주)로크미디어 편집부 신간 기획 담당자 앞
전화 : 02) 3273-5135
www.rokmedia.com   이메일 : rokmedia@empas.com

ROK
MEDIA
로크미디어

망한 가문의
검술 천재가
되었다

소구장 퓨전 판타지 장편소설

역사에서도 잊힌 비운의 검술 천재
최강의 꼰대력으로 무장한 채
후손의 몸으로 깨어나다!

만년 2위 검사 루크 슈넬덴
세계를 위협하던 마룡을 물리치며
정점에 이른 순간

이대로 그냥 죽어 다오, 나를 위해서.

라이벌인 멀빈 코넬리오에게 목숨을 잃……
……은 줄 알았는데,
200년 후의 몰락한 슈넬덴에서 눈뜨다!
가족이라고는 무기력한 가주, 망나니 1공자뿐
망해 버린 가문을 살리기 위해
까마득한 조상님이 팔을 걷었다!

설풍 같은 검술, 그보다 매서운 독설로
슈넬덴가를 정점으로 이끌어라!